endormi

endormi

l. Ward

Titre original: *dormido*
Première édition en français: décembre 2021

Passage Bocabella, 11, 08013, Barcelona

ISBN: 979-84-457-3405-5

Édité a Catalogne

Réveillez-vous du sommeil,

ou encore endormi.

27.

Rêve. La mort de froid doit être une façon très douce de finir. Est ce que tu dors. Lentement, vous vous endormez et entrez dans un autre monde. En attendant, vous ne voulez pas sortir même s'ils vous proposent de l'aide. Peut-être que tout est une proclamation romantique de la terrible expérience de quelqu'un qui perd la vie en gelant, ignorant la douleur causée par le froid. Rappelez-vous simplement lorsqu'un enfant subit un coup, en particulier à la tête ou au visage, et que nous appliquons de la glace pour prévenir l'inflammation qui engourdit en partie la zone touchée; Dans quelques minutes, s'ils arrivent, il prétend le lui enlever car ça fait mal. Je ne me souviens pas de la glace sur les coups, pas quand j'étais enfant. En tout cas, le gentil et curieux chien que j'ai attrapé n'est pas mort de froid ; oui, il a dû avoir très froid pendant des heures, trempé et frissonnant, ses gémissements étouffés entre ces murs souterrains sombres et moisis, témoins impassibles de son horreur.

Parfois, je n'arrive pas à m'endormir, et je ne sais pas pourquoi, mais je dors généralement bien quand je décide d'aller me coucher. Bien sûr, il a toujours été beaucoup plus agréable de me laisser vaincre et d'abandonner ma veille allongée sur un canapé, dans un état de somnolence croissante, ou même dans ma chaise d'étude, avec une somnolence causée par quoi que ce soit; surtout vers le début de l'après-midi, après avoir mangé.

Pas plus tard qu'hier, l'horizon avant le crépuscule s'est avancé, quelque chose de similaire s'est produit, bien que ce n'ait pas été la même chose. Depuis que j'étais dans cette obscurité, le souvenir est constant. Je ne peux pas l'éviter. Je suis pris à ressentir l'impuissance de l'animal, son manque d'échappatoire. L'hypothèse de sa part d'un abandon total me gêne, même si c'est vers la fin. Il faut que, jusqu'au dernier moment, il se rebelle contre la douleur imminente qu'il sait parfaitement lui causer, et surtout qu'il intuitionne dans la perception canine, typique des animaux irrationnels où ne prévaut pas une conception authentique du futur, que le danger s'en va pour s'en nourrir. Pas du moins comme cela pourrait arriver avec l'être humain, par rapport à la mort, mais pour activer leurs mécanismes de survie jusqu'à la limite.

Il procure une immense joie, jusqu'à une étrange extase. Comme si mon cerveau était imprégné d'une substance hypnotique, perméable à la panique des autres. Pourquoi ne puis-je pas m'en empêcher? Je peux et je ne veux pas?

Si mon corps et mon esprit se soumettent à la nature très humaine qui m'est donnée, dois-je me considérer coupable de quelque chose? Est-il possible de supposer des critères éthiques construits par la philosophie morale qui n'ont rien à voir avec la compétence interne de chacun de nous? L'éthique authentique est l'expérience, l'actualité humaine individuelle dans chaque cas spécifique. Peut-être que je n'ai pas l'éthique des autres. C'est peut-être cela et rien d'autre la raison de ma haine constante envers tous ceux qui m'entourent, que je le connaisse ou que je le voie par hasard me croiser dans la rue, dans le bus ou au travail. Curieux que ça n'ait pas toujours été comme ça, et que ça ne continue pas à l'heure actuelle, parce que parfois je ressens de la paix et de la joie chez les autres rien qu'en les voyant un instant. Il s'agit d'un véritable désir de partager et de donner, un contraste viscéral avec l'aversion pour la moindre caractéristique insupportable de l'autre, réelle ou imaginaire. Ces sentiments négatifs finissent aussi par se traduire par de l'auto-souffrance, qui se transforme en une véritable rage qui a souvent atteint des niveaux d'explosion absolument irrationnels. Dans la grande majorité des cas, je contrôle cette colère, tout comme je domine la réalité qui m'entoure.

Être capable de déterminer ce qui est bien et ce qui est mal constitue l'objectif central d'une conduite éthique, ce sont les deux valeurs caractéristiques de cette discipline si étroitement liée à la philosophie. Naturellement, tout cela constitue une perspective humaine, intrinsèquement typique du vivant rationnel, inexistant en dehors de lui, de son humanité et de l'Humanité. Pour ma pauvre victime canine, sa souffrance et sa mort n'étaient ni un mal ni un bien car elles n'existent que du point de vue de la personne humaine, où l'imminence et l'application de la matière créée au présent participent d'une démarche aristotélicienne liée au socratisme et au pas avec les liens platoniques de la transcendance. Nous sommes à une éthique rationaliste qui surmonte l'absorption conceptuelle de Dieu et le développement de la scolastique sous l'éclat intellectuel de saint Thomas. C'est l'ici et maintenant inévitablement lié à l'Homme au présent, l'actualité sanglante et les conséquences d'actes et d'omissions, de comportements et de paroles avec ou sans actes, ayant des répercussions sur les autres et sur notre propre environnement. Il n'y a rien d'objectif, de typique de la matière, situé dans la nature des choses, car toute éthique n'est qu'humaine et, sans nous, elle n'aurait jamais vu le jour.

Dans ce cadre clos, les pulsions sont ventilées sous le refoulement freudien, ce qui me paraît bien plus significatif que le développement qui s'est opéré avec la techno-science ultérieure. Quoi qu'il en soit, pour ce chien mort, il n'y avait pas d'éthique, il n'y avait ni bien ni mal. Seuls ceux qui pourraient le connaître et connaître son destin manifeste pourraient faire des évaluations et des jugements éthiques, et les miens, selon la norme sociale actuelle et en ce moment, seraient certainement négatifs, mauvais, pervers. Ils ne montreraient certainement pas la bonté du comportement humain tel qu'il a été généralement compris. Peu importe combien de fois j'essaie de le donner, je ne trouverai pas de justification éthique à ma conduite, peu importe comment j'essaie de déguiser ce qui a été fait ou de le lier à des impulsions incontrôlées. Il ne s'agit pas de ne pas comprendre l'injustice de l'acte ou de ne pas pouvoir orienter mon comportement vers cette compréhension en raison de l'absence des freins inhibiteurs nécessaires. Et à ce moment-là, le besoin de pénitence, de s'améliorer, de défaire ce qui a été mal fait par de bonnes actions, ne peut que m'enlever. Mais bien sûr, aucune bonne action ne reste impunie. Surtout dans le monde inconscient des rêves.

Même la suppression du ça évite le plaisir qui finit toujours par être de vaincre la fatigue et de dire adieu au moi. Dormir ainsi est pour moi le rêve authentique et désirable. Le début de la transe est le plus appétissant, et aussi ce demi-réveil dans lequel nous décidons de continuer à dormir, de reprendre le fil d'un rêve ou de nous repositionner dans la position la plus confortable dans laquelle nous nous trouvons. Rester endormi est évidemment étranger au plaisir conscient, et ce n'est que plus tard, en se rappelant un rêve, qu'une quelconque valeur pourrait en être dérivée.

28.

Cette nuit-là a été intense physiquement et émotionnellement, et il était tard dans la nuit lorsque je suis rentré à la maison en préparant dans mon esprit, même implicitement, n'importe quelle excuse au cas où j'en aurais besoin sur le chemin ou à l'arrivée. Je me suis endormi en voulant oublier ce qui venait de se passer. C'est très étrange car de l'extérieur, imperturbable dans le silence nocturne du retour, je ne pouvais pas fuir des images et des sons si terrifiants qu'ils semblaient mêmes inconcevables dans ma propre vie. C'était comme implorer une réinitialisation totale, l'annulation de la mémoire récemment formée, un désir de rien de nouveau en moi, bien que pour d'autres raisons. Je pensais que je ne dormirais pas un clin d'œil pendant longtemps, hanté par toutes ces informations anormales, si intenses, si brutales. Cependant, ce n'était pas le cas. Au fil du temps, cela m'est apparu comme un mécanisme de défense qui était insaisissable lorsque la lumière du jour se levait. Et j'ai rêvé

Je suis allé dans une vieille maison avec de très hauts plafonds. Cela ressemblait à un entrepôt transformé en quelque chose, et il était habité par une seule personne. Son image était celle d'un enfant, mais en dehors de sa propre projection, c'était un adulte qui n'avait pas grandi, en fait un vieil homme. Je me sentais comme mon propre fils, le voyant plusieurs années après ma mort. Il avait plusieurs visiteurs à qui il enseignait des choses. C'étaient des gens dont on ne savait pas très bien pourquoi ils venaient à cet endroit. La première image était celle d'une grande étagère, construite jusqu'en haut, avec d'énores profondeurs, toutes remplies des gadgets et des bibelots les plus divers. Entonces su morador se dirigía a alguno de los visitantes y, tomando un objeto medio roto de su infancia, retirado con cuidado de alguno de los muchos estantes que poblaban el total espacio abierto de lo que ya parecía un hangar cochambroso, lo mostraba explicando con cariño ce qui était. Son visage jovial et sain de garçon s'illumina d'un large et sincère sourire alors qu'il détaillait l'origine de la chose qu'il tenait dans ses petites mains. L'information la plus importante se trouvait dans une histoire passionnante de sa propre enfance. Le garder avec lui gardait une véritable étincelle dans ses yeux avec la joie de son simple souvenir. Il lui manquait un présent, encore moins un avenir, vivant éternellement dans l'heureux passé de ses premières années de vie. C'est pourquoi l'image qu'il projetait du plus intime de son être restait enfantine, clouée sans issue dans ce merveilleux passé. Mais en le voyant de la position du spectateur anonyme, inconscient même des invités parce que je n'étais pas l'un d'eux, je me suis senti profondément triste. Il sentit sans l'ombre d'un doute à quel point s'accrocher à cette époque antérieure lui avait tout volé, l'avait dépouillé de la réalité de lui-même, coupé le contact avec le vrai présent et l'avait confiné dans un enfer de choses qui n'avaient aucun sens pour les autres, même à lui-même.fonctionnalité intrinsèque due à la déficience subie en raison du dépassement. Le temps abandonné. Le protagoniste ne l'a pas remarqué, ni ne s'en est rendu compte, bien que quiconque le voyait de l'extérieur le ferait, devant un individu très âgé qui ne pouvait pas se rendre compte qu'il l'était. À l'intérieur, il était encore comme un enfant, celui qui se contentait de tous ces objets autrefois glorieux, utiles et amusants, maintenant des reliques inutiles et ruineuses dues au travail impitoyable du devenir, implacables et implacables.

Une profonde mélancolie envahit tout mon être. Je voulais le sauver. Remontez les années jusqu'au moment où cette personne a renoncé à vivre et a commencé à ranger des jouets détruits, des vêtements rongés, des appareils et des papiers cassés, des brochures et des publicités de toutes sortes qui l'ont transporté il y a des décennies. Peu importait qu'il ne s'en aperçoive pas. Je n'ai même pas pensé à une raison pour laquelle une telle chose avait été ainsi. Soudain, j'étais son père mort, il était mon fils perdu. Et sans connaître la raison du drame, car au fond ça n'avait pas d'importance, je me sentais coupable, nostalgique, inconsolable. Je me suis réveillé.

J'ai du mal à lâcher prise, alors je collectionne et stocke toutes sortes de choses que je n'utiliserai probablement jamais, ni même ne reverrai ou ne toucherai plus. Mais les voilà, je les ai. Ce sont les miens. Peut-être que je me suis rêvé en prévision de ce qui allait m'arriver.

Arrivé si tard à la maison je n'ai pas voulu faire de bruit en baissant le store de la fenêtre qui donne de la lumière extérieure à la chambre, à cause des voisins d'à côté, les murs sont en carton. C'est pourquoi les premiers rayons de l'aube ont alerté mon cerveau, encore faible grâce à son impact indirect ajouté aussi aux pare-feux qui composent ces bâtiments abrités dans leur perspective basse vers la façade de mon appartement orientée sud-ouest. C'était comme si tout vestige de fatigue avait été supprimé, faisant resurgir avec une puissance énorme l'expérience radicale d'à peine trois heures auparavant.

J'ai sauvé de la mémoire quand je suis rentré à la maison comme un enfant après une excursion scolaire, surtout quand j'avais onze ou douze ans. Après avoir fait des allers-retours dans un endroit de la campagne où nous n'arrêtions pas de courir, j'atteignais le lit de ma chambre et, abrité par l'odeur chaude de la maison, complètement épuisé, je dormais sans remède, oubliant souvent le dîner. Et à ce moment-là, dans mes souvenirs d'enfance, la relecture a commencé dans ma tête. Encore et encore, encore et encore, sans fin, linéairement la première fois, sélectivement ensuite, mais toujours avec des images et des sons imparables, brisants et infatigables. Et la culpabilité grandissait, sans pot-de-vin possible, comme de l'eau coulant entre les doigts sans force et pénétrant par des fissures insoupçonnées, m'amenant à imaginer constriction et pénitence, naturellement sans effet possible sur ma dernière victime. J'ai même pensé à m'inscrire comme bénévole dans un chenil pour m'occuper d'animaux abandonnés, prendre soin d'eux, les nourrir avec amour, les caresser dans leur solitude et leur procurer le plus grand bien-être possible. Dommage que j'ai aussi imaginé, souvent, le demander pour d'autres, je suppose, une tâche très désagréable de mettre fin à la vie de ces petits animaux qui n'ont pas trouvé l'adoption dans les délais convenus, si c'est que je n'ai pas été l'adoptant de ceux qui me devait ainsi la vie qu'il pourrait prendre plus tard quand il le voudrait. Et que tuer, comme première chose, mettre fin à la vie rapidement et fugitivement, ne satisfait guère mon inquiétude réelle, ce besoin impénétrable, sans cause ni traumatisme sous-jacent, de contrôler, de pouvoir engendrer la soumission de la souffrance.

Ce scénario pourrait se développer au goût et à l'aversion avec un chien adopté. Avec l'un après l'autre. J'ordonnai à mon esprit d'arrêter net cette ligne de pensée corrompue, née d'un postulat pénitent dans une société très éloignée de mon point d'arrivée. Et de nouveau la réflexion sur l'inévitabilité refait surface, sur les besoins de ma propre nature. Ce n'était pas un caprice.

29.

S'il y a un Dieu, ce sera Lui qui m'a fait ainsi. Pourquoi, alors, sous le libre arbitre, m'assigner un désir de plaisir qui, au moment même de sa naissance, comme la valeur du bien contre le mal de la philosophie religieuse, je dois étouffer, réprimer, éliminer et subir ainsi mon refus dans une vie de déplaisir, dans un chemin vital sans itinéraire possible, statique dans la frustration la plus absolue, sans objectif. De rien à rien. Pour certains, naître pour rien, vivre pour rien et mourir pour rien.

Tout serait très différent d'avoir une vie dans l'au-delà. Parce que la transcendance mortelle importe, là où l'existence humaine montre à peine le prologue éphémère de l'éternité. Même si pour les humains c'est une éternité en avant, linéaire, car avant de naître nous n'existions pas, nous n'étions pas éternels, nous n'étions même pas dans le néant. A y penser, ce qui arrive s'en va, disparaît, ce n'est pas cumulatif, ça finit comme le temps qui se désagrège dans la perte, qui s'évanouit dans l'abandon. L'entropie apparaît, comme la deuxième loi de la thermodynamique, perdant de l'énergie même si nous mourons avant la fin de l'univers.

Ce qui a été vécu reste dans la mémoire, comme lorsqu'une scène de vie est enregistrée sur vidéo, ou sur une piste audio. La différence est que la mémoire ou l'enregistrement est perdu ou "existe" seulement si la technologie d'un lecteur est utilisée avec laquelle le souvenir supposé, purement similaire à ce qui peut être rappelé sur la base de la mémoire non perdue, se reproduit dans le présent. Et en tout cas, quand on coule, quand on est concentré, dans la terreur ou dans le bonheur, le temps ne passe pas ou passe sans s'en rendre compte, sans qu'il soit possible de considérer que nous sommes des habitants du passé. Ni tragédie ni mélancolie. Nous sommes dans le présent, souvenir ou non, toujours dans le présent. Dans le présent, nous nous souvenons ou dans le présent, nous nous passionnons pour l'avenir ou nous souffrons d'anxiété ou de peur.

Le calcul du temps, dû à la désinvolture des régularités de la nature physique, est comme l'horloge, un mécanisme de mesure, d'ordre. C'est commander. Bien que le mot lui-même invoque le mensonge, il s'agit en vérité d'un ordonnancement du temps productif. Quand ils vous donnent une montre, c'est comme s'ils vous donnaient le contrôle de votre vie, pour que vous vous y soumettiez, comme dans l'histoire de Cortázar, où il est rappelé que tout a son temps, parole de Dieu.

Je ne porte pas de montre bien que j'ai plusieurs montres-bracelets. En tout cas, le temps tend à contrôler ma vie, comme presque tout le monde, dans un cadre de secondes, de minutes et d'heures, une délimitation de jours, de mois et d'années. Pour chaque chose.

Ceux qui savent ou croient savoir disent que comprendre l'époque dans laquelle on vit dénote un regard contemporain, mais comment le faire si l'on est dans le temps ? Le temps que l'on voit et que l'on structure ou que l'on agence. Il faudrait sortir de l'intérieur pour voir qui conduit, ce qui est derrière ou ce qui est caché par ce qu'il éclaire, puisque la lumière est créatrice d'ombres dans la dimension temporelle elle-même. La vision authentique doit voir ce qui n'est pas vu, aucune de ces lumières et ombres à l'intérieur, mais tout ce qui est à l'extérieur, pas à la marge, ce qui ne dit rien non plus sur le monde. Eh bien, si tu es à l'intérieur tu es complice, traversé par un sens qui ne questionne pas, incompréhensible justement parce qu'il est à l'intérieur de cet intérieur.

L'éternité n'est pas, à proprement parler, intrinsèque au temps, ni une certaine idée de l'infini typique du linéaire, celui qui vient de toujours et est pour toujours. Dans l'univers ce n'est pas le fleuve d'Héraclite où tout naît et meurt autour de nous, même les étoiles qui finissent par disparaître avant que leur lumière détachée ne le fasse au firmament. Non, l'éternité semble plutôt être ce qui est hors du temps. Bien sûr, il y a aussi ceux qui postulent l'éternel comme répétition indéfinie, le lourd fardeau de l'aphorisme 341 de Le Gai Savoir: le retour sans fin dans un schéma circulaire de l'intérieur, comme au jour de la marmotte, qui montre comment être accompli, c'est être sauvés, et pour cela, dans le profil religieux habituel, nous avons le temps. Certes, dans le dogme divin il s'agit de réparer une erreur étrangère, celle d'Adam et Eve, propitiateur du péché originel dont nous sommes responsables par lignage. Et quand la religion perd de son importance et se sécularise, la culture soustrait ce moule ou cette matrice, dépassant la vie comme somme des moments au temps linéaire comme base du but, donc le temps productif et finaliste, à la recherche d'un sens, la matrice théologique qui la sous-tend. Le reste. Plus que rare que dans la courte existence de chair et de sang nous résolvions un tel péché originel et de cette manière nous puissions obtenir le salut que rapporte une éternité paradisiaque, qu'elle soit linéaire ou hors du temps. Dans ce contexte, la répétition sans fin ne fonctionnerait que comme une blague, à moins que naturellement le cercle ne s'interrompe lorsqu'après des éons de retours, une vie montre la réalisation parfaite, digne du salut et de la rupture du cycle.

En effet, si des comportements et même des pensées guidaient cet avenir transcendant, nous nous soumettrions à un examen extérieur qui se répercuterait sur le contrôle de nos actes et omissions sans nous soucier le moins du monde d'une accumulation de nos propres désirs qui proviennent de sources très profondes ou supposées. le risque de les reconnaître et de les suivre coûte que coûte après. Mais se priver de soi et éliminer ainsi la jouissance des sens ou la satisfaction intérieure que l'on peut obtenir de toute nourriture strictement terrestre, par respect d'une éthique qui ne peut profiter qu'aux autres mortels, est ressenti comme insuffisant quand ce «seulement» ne veut rien dire. Moins que rien si ces autres, les autres, s'avèrent être des contreforts indifférents pour soi-même, ou une fois qu'ils sont même minimalement connus, ils s'avèrent irrémédiablement odieux. Il est indéniable que parfois ce regard omniscient survole comme une hypothèse sur la voie du salut religieux, mais il n'est pas la vraie raison de la culpabilité ou du Bien sur le Mal, même s'il limite sa réflexion dans la nature du non-humain, paradoxalement, alors que l'humain est la seule caractéristique qui peut se reconnaître sous des codes éthiques construits par des personnes, voire vendus comme des instructions divines révélées de manière si secrète et limitée. L'omnipotence aurait pu le faire si largement et immédiatement qu'elle n'aurait guère laissé de place au doute, il est vrai, mais il ne semble pas qu'il en soit ainsi.

30.

J'ai décidé de sortir me promener et je n'ai pas pu m'empêcher de revenir sur mes pas jusqu'au point homicide. A la surface du monde, les gens et leurs instruments ont poursuivi leur course en ignorant délibérément ce qui aurait pu se passer sous terre. Et toute la nature continuait aussi sa route, impassible, contre l'entropie.

Il n'y avait pratiquement pas d'individus dans la rue, en raison de l'heure matinale, même si les véhicules de ceux qui sont censés être responsables de leur travail circulaient sans cesse. Ce jour-là, j'ai pu l'éviter et je l'ai volontiers évité. Quoi qu'il en soit, j'ai décidé d'y retourner pour prendre quelque chose à manger au petit-déjeuner, mettant fin à la courte marche.

Alors que je marchais sans hâte, mes pensées traversées par les illusions du bien et du mal se concentraient sur la clé de leur compréhension finale, la découverte de ma nature, ainsi que sur le besoin, l'obligation, d'être fidèle à cette nature, comme si elle était d'un mandat inévitable qui s'est précipité dans la recherche du bonheur. Peut-être ne pas savoir ce qui constitue notre propre essence, en tant que noyau dur du même être, empêche d'assumer les possibles objectifs vitaux de celui-ci, de rejeter les maximes sur l'équilibre de mesure aristotélicien, ou l'idée de persévérer dans une vertu qui peut seulement être construit sur une certaine hypothèse de ce qu'elle est et de ce qu'elle est pour ladite vertu, définissant déjà un concept étranger à la construction personnelle elle-même.

Si nous nous reconnaissons d'une manière spécifique, parce que nous sommes cette voie en soi, toute lutte contre, toute recherche du prétendu redressement, toute prétendue constriction et rectification de l'avenir, ne sera rien d'autre qu'une bataille contre le vent, modelant des carrés dans les vagues de la mer ou compter l'air en plein air. Bref, la défaite annoncée de la guerre. La question est de savoir comment parvenir à cette reconnaissance ou s'il existe des facteurs externes, anormaux, nuisibles, appelés à perturber l'authentique, nous faisant croire comme vrai ce qui n'est pas et ne peut pas être. Et comment savoir? Peut-être à travers le comportement quotidien, les corvées quotidiennes de l'important, mais surtout la routine des détails sans importance.

Agir au quotidien et percevoir le résultat apporte son propre mérite, le sentiment positif ou négatif, à considérer que l'on tend vers le bonheur ou y est, ou l'inverse. Mais il peut aussi arriver que quelque chose de jetable à court terme nous fasse plaisir plus tard, ou inversement. Dans ce cas, comment choisir entre un comportement ou un autre pour définir qui nous sommes? Ou basé exclusivement sur ce que nous ressentons lorsque nous faisons ou ne faisons pas quelque chose, en suivant ou en omettant une phrase, arrêtez d'agir si cela dérange, continuez si vous le souhaitez. Puis reconnaissance de soi ou culpabilité. Ceci, d'autre part, disparaît si nous supposons qu'il n'y a aucune raison de culpabiliser en étant fidèle à notre propre nature. Mais, et si l'essentiel de soi n'était pas immuable, mais au contraire, contrairement au sens étymologique du mot, l'essence pouvait se modifier, évoluer, ou involuer, vers et vers une autre situation ou état? Peut-être que tout est un progrès, malgré le fait qu'il soit évalué comme un revers. Oui, tout changement temporellement successif est évolution, bien qu'objectivement ou subjectivement, nous le concluons pire, comme involution.

Je me retrouve souvent plongé dans un type de pensées qui s'enchaînent sans fin; ils finissent par n'avoir aucune signification ultime, peu importe à quel point ils peuvent formellement en avoir l'air. Ce qui reste au final, en fait, c'est un but pour m'exempter, pour échapper au jugement moral que je sais très bien que d'autres me dirigeraient, même si je n'avais enfreint aucune loi pénale positive, qui aussi. Face à cette situation, le mépris de l'autre devient plus évident, pour cet hypothétique juge, futur geôlier, moralisateur prêt et cupide. Je le ferais disparaître si je le pouvais, avec toute la douleur purificatrice qu'il m'était donné de fournir. Et il profiterait de chaque minute de chaque heure de chaque journée qui pourrait la prolonger.

31.

Ne vous faites pas prendre. La certitude d'en sortir indemne et impuni, d'éviter la découverte, avec ou sans punition mais surtout sans, favorise sans doute des actes de principe répréhensibles à la discrétion de la société. Si tel n'était pas le cas, la crainte de ne pas pouvoir s'en sortir sans contrecoup ne serait pas satisfaite non plus. Mais il faut aller au-delà de la stratégie coût-bénéfice qui ignore la valeur et les conséquences des émotions de ceux qui agissent, et surtout leur bêtise. Cependant, comparer les résultats positifs et négatifs et choisir parmi cet équilibre le plus favorable pour soi, en laissant bien sûr de côté les critères minables de beaucoup pour savoir ce qui est bon et mauvais pour soi et dans quelle mesure cela peut le devenir -base irrémédiable de la décision qui est fait de cette manière-, concilie le modèle simple du crime rationnel, l'analyse intellectuelle du lauréat du prix Nobel Gary Becker. En bref, avec ce système, on évalue s'il vaut la peine de faire quelque chose de mal ou de ne pas le faire, que ce soit correct ou incorrect. Je crois qu'il s'agit d'un mauvais modèle de malhonnêteté, car si c'était vrai, la criminalité pourrait être réduite simplement en augmentant les peines et les moyens de la détecter, c'est-à-dire ses coûts. Cependant, je partage l'idée que la plupart des gens ne fonctionnent pas sur la base de l'exactitude, ils considèrent ce qui est dans leur propre intérêt, indépendamment de toute autre chose, ce qui est généralement utilisé dans les décisions des enfants.

Quand j'avais huit ou neuf ans, un camarade de jeu dans la rue ramassait des pierres de différentes couleurs, des petits cailloux du sol. Une fois, il m'a montré sa collection, fier de quelques poignées de morceaux de sol, de mur ou quelle que soit l'origine de son moulage récolté avec affection. J'ai remarqué un morceau translucide de couleur vert foncé et lui ai dit que ce n'était pas une pierre, mais une bouteille en verre, donc ça ne pouvait pas être dans sa collection de pierres. Au début, il était perplexe, alors je me suis immédiatement senti coupable d'avoir causé la perte d'un de ses exemplaires, mais en même temps, j'ai pensé qu'il ne servait à rien de lui cacher son erreur. Il était mon ami. Bientôt, rompant le silence qui s'était maintenu depuis mes paroles, il m'a jeté un regard profond et m'a affirmé avec conviction qu'il aimait le vert, qu'à partir de ce moment ce serait la pierre maîtresse et que bien sûr il continuerait à faire partie de sa collection.

Le verre est en fait composé de minéraux, c'est donc bien une pierre: sable siliceux, carbonate de soude, et calcaire ou oxyde de calcium fondu à quinze cents degrés Celsius.

J'ai hoché la tête avec un demi-sourire et lui ai dit qu'il avait raison, même si à l'époque je ne savais rien de la fabrication du cristal ni de la façon dont la nature le crée, cristallisant les gaz à l'intérieur des roches, encore moins la différence entre le cristal et le verre, fondamentalement différent en raison du système de refroidissement, le premier avec une structure régulière qui dans le second est irrégulière ou imparfaite, et dépourvue d'oxyde de plomb. Bien sûr, il n'avait pas non plus la moindre idée de ces informations chimiques.

Il a soigneusement gardé les images de sa collection car je garde intact le résidu de l'émotion ressentie à ce moment : satisfait et phénoménal, avec un énorme désir de le protéger en affrontant tout mal pour lui. Nos émotions impriment avec une puissance puissante la mémoire de ce qui nous arrive, plus que toute autre chose que nous entendons consciemment consolider dans notre esprit un événement ou une information que nous jugeons nécessaire de retenir.

Je n'ai jamais eu à le protéger de quoi que ce soit jusqu'au moment où nous nous sommes séparés pour de bon, quand sa famille a déménagé quand nous avions treize ans; du moins, je ne l'ai jamais revu depuis.

32.

En ce moment, je me souviens avec une émotion douloureuse du jour où il m'a montré sa collection, plaçant les pierres côte à côte avec beaucoup de soin et un visage plein de fierté. Je n'étais absolument rien pour tout le monde et tout pour lui, mais me connecter avec ce genre de sentiment authentique était aussi pour moi. Au cours de nos treize années, avant de le perdre, nous avons rencontré une Italienne avec des yeux énormes et pas de petit nez. Il a fait preuve d'une confiance en soi si inhabituelle qu'il a attiré notre attention dès le premier jour. Pour je ne sais quelle raison, liée au travail de sa mère, il allait être dans notre pays pendant un an, loué dans un appartement du quartier, et mon ami en est tombé amoureux dès le premier instant. Je l'aimais aussi, mais je n'imaginais aucune sorte de romance, contrairement à celle idyllique qu'il a vécue, même s'il n'a jamais rien essayé. Peu de temps après notre rencontre, nous avons appris qu'elle aimait beaucoup le cinéma américain et sans savoir comment ni pourquoi, mon amie a contacté un homme d'un club vidéo de l'autre côté de la ville qui lui a fourni une brochure en couleur du film The Parrain de Francis Ford Coppola. A cette époque, le DVD n'était pas encore commercialisé, en phase de recherche, et encore moins généralisé sur Internet; Même Google n'existait pas. Les clubs vidéo ont surgi partout, VHS s'étendant déjà sur BETA qui a partagé pendant un certain temps ce marché de la location. Je pense que mon ami rendait visite à de la famille et a vu quelque chose dans le magasin vidéo qui l'a fait entrer et entamer une conversation avec le directeur qui, pour une raison quelconque, lui a donné la brochure. Qu'à cela ne tienne, le fait est qu'il lui est venu à l'esprit de réaliser une petite fresque pour l'entreprise italienne, en découpant des images cinématographiques dans des brochures publicitaires apparemment de très bonne qualité, dans des feuilles épaisses imprimées de couleurs vives. Compte tenu de cette attente, il s'y rendait au moins deux fois par semaine, prenant quelques bus dans chaque sens, revenant souvent les mains vides, d'autres avec plus d'un document précieux destiné au puzzle de coupures. Il a complété une bonne collection avant que l'Italien ne se prépare à partir pour toujours, lui laissant le temps de faire ce genre de collage qu'il a plastifié et encadré. Il a dépensé beaucoup d'argent pour un cadre en bois un peu plus grand qu'une feuille de papier, mais sans cristal, je ne sais pas pourquoi, c'est pourquoi il a acheté du papier à plastifier transparent. Le résultat s'est avéré très bien, bien meilleur qu'il n'y paraît en le disant, rassemblant près de cinquante films dans une composition joyeuse, saisissante, et très bien unie et compensée, distribuant toutes sortes de couleurs. Il avait découpé chacune des pièces avec le plus grand soin, le même avec lequel il les avait collées à l'aide d'une colle Imedio qu'il avait également achetée pour l'occasion.

J'ai regardé la scène du coin de la rue, après la tombée de la nuit. C'était quand il a dit au revoir à l'Italien, qui le lendemain matin voyageait dans un autre pays, pas le sien non plus, pendant que nous serions à l'école, même si nous allions dans des centres différents. Elle avait emballé son cadeau dans du papier brillant, de la même manière qu'elle avait acheté son cadeau dans un magasin plutôt cher. La jeune fille l'ouvrit avec précaution, elle n'en revenait pas, dit-elle, et montra son étonnement en voyant le travail du garçon. Il a dit qu'il adorait ça, que c'était un beau travail et qu'il l'aurait toujours parce que ça lui rappelait beaucoup de films qu'il aimait beaucoup. Au verso mon ami avait écrit quelque chose mais je ne sais pas quoi. Elle le lut et lui sourit. Il l'embrassa sur la joue, lentement et longuement, et ils se dirent au revoir, le quittant. Je pouvais à peine voir son visage mais il me paraissait plein de satisfaction et de bonheur. Tout le travail avait été le sien mais cela signifiait aussi de la fierté pour moi et mon propre bonheur rien qu'en percevant le sien.

À ce moment-là, il est tombé sur deux filles du quartier qui, j'imagine, allaient dire bonjour à l'Italien, aussi pour lui dire au revoir. Ils lui ont parlé pendant un moment, je ne sais pas pourquoi j'ai gardé ma montre. J'avais toujours aimé la voir parler, avec ses gestes harmonieux, ses longs cheveux noirs de jais qui bougeaient tandis qu'elle riait et bavardait. Il ne leur montra pas le puzzle encadré, appuyé contre son dos, contre le dossier du banc, que les filles ne virent pas non plus. Après environ cinq minutes, pas plus, les trois se sont levés et sont partis, et j'étais sur le point de courir pour l'avertir qu'il avait laissé le cadeau de mon ami, mon cœur a sauté un battement quand j'ai vu qu'il ne l'avait pas oublié. À environ six ou sept mètres de là, elle tourna la tête et le fixa pendant plusieurs secondes, mais elle ne s'arrêta pas de marcher ni ne changea le moins du monde la direction de ses pas en écoutant une des filles qui parlait sans arrêt, regardant d'un côté à l'autre dos vers l'avant avec un virage accompagné de la fuite de ses magnifiques cheveux noirs. Noir comme son cœur, j'ai dû penser paralysé par l'angoisse. J'ai marché très lentement jusqu'au banc et j'ai pris le puzzle du film dans mes mains alors qu'ils étaient déjà tous les trois hors de vue. Avait-elle des scrupules à répondre à la curiosité des autres s'ils lui posaient la question ? Son visage ne semblait montrer aucune inquiétude alors qu'il regardait longuement en s'éloignant. Pourtant, je me suis assis sur le banc avec une lueur d'espoir et je me suis assis avec le cadeau sur mes genoux pendant au moins une heure. J'ai été grondé à la maison quand je suis venu dîner si tard. Je ne m'en souciais pas. J'espérais avec beaucoup d'intensité que l'Italienne s'était débarrassée des autres et était revenue le chercher, mais elle ne l'a pas fait. Pas du moins pendant tout le temps où j'ai veillé sur les efforts de mon ami.

Je ne pouvais pas laisser le puzzle là, bien sûr, mais il m'était impossible de lui dire, ce n'était pas juste une pierre de sa collection. C'était mon secret, et ça l'est toujours. Cette nuit-là, mes larmes ont jailli d'une tristesse et d'une rage impuissantes lorsque, dans la solitude de la chambre, j'ai gardé le cadeau après avoir lu la dédicace qu'il a signée: "pour que vous vous souveniez" et son nom en dessous. J'aurais écrit «tant que tu auras ce don tu m'auras dans ta mémoire», mais il a toujours été plus direct et simple.

Je ne lui ai pas dit au revoir et j'étais heureux. Ce même après-midi, après avoir quitté l'école, il m'avait demandé de ne pas arrêter de le faire. J'allais la voir quand mon ami lui a donné son cadeau et je ne voulais pas l'interrompre, je ne voulais pas non plus me montrer pendant que les autres filles disaient au revoir. Et quand elle a abandonné le puzzle, j'ai été paralysé assez longtemps pour penser que ce n'était pas la peine d'aller vers elle, avec ou sans le cadeau, et de lui dire au revoir comme je l'avais sincèrement promis. Au bord de l'été, juste après l'école, mon ami est parti. Nous ressemblions à deux petits adultes, face à face, sérieux. On a croisé quelques phrases dans le style de à bientôt, un peu plus. Il n'avait même pas entendu parler de la ville où ils allaient vivre, des parents de sa mère, seulement qu'ils n'avaient toujours pas de téléphone et il semble qu'ils n'en aient jamais eu car il ne m'a jamais appelé, ni ne m'a écrit pour le donner à moi et je n'avais pas son adresse exacte.

Cela faisait longtemps que je ne me souvenais plus de cette histoire. Je pense qu'il s'imaginait que son casse-tête serait avec l'Italien pendant des années, qui sait si pour toujours, mais je ne sais pas si elle se souvenait de lui ou de son cadeau, si coûteux en argent, en temps et, surtout, en amour et en espoir.

33.

J'arrivai à l'appartement et m'envelop-pai dans le silence incompréhensible qui ré-gnait. Allongé sur le canapé, je me sentais très fatigué. Il avait à peine dormi cette nuit-là, mais ce n'était pas à cause de ça. Me sou-venir de mon ami et de son cadeau méprisé m'avait rendu à la fois triste et en colère, comme ce fut le cas à cette époque. Et c'était une sorte de rage qui faisait battre mon cœur plus vite. J'ai pu me calmer après avoir ima-giné le visage de la femme italienne dans l'horrible égout où le chien est mort, la te-nant fermement par le cou jusqu'à ce qu'elle soit morte tandis que j'imaginais lui cracher toutes sortes d'injures. C'était très dur pour moi à l'époque, mais peut-être que ce n'était pas si mal. Malgré l'énorme virulence de mes émotions, ancrées dans la haine et la frustration, qui finalement reviennent au même, quand je me suis allongé sur le canapé, tout trouble était déjà passé. Je n'ai même pas remarqué. Il suffit de fermer les yeux et je suis entré dans un rêve qui a fini par être aussi vif qu'insatisfaisant.

C'était un terrain aride, sans vent, montagneux, en pente descendante de mon point de vue. Il pouvait sentir une clôture et une porte dans son dos; plus que ses caractéristiques, sa masse, mais je ne pouvais voir ni porte ni clôture, ce qui signifiait qu'il avait été là, en visite ou même en vivant. Aucun bâtiment non plus ne pouvait être observé ou deviné, seulement des arbres au loin, de grands pins blancs qui avaient quarante ans, sinon plus. La sensation était celle d'un long rêve, mais je me souviens à peine de tout ce qui s'est passé. Je percevais l'environnement tandis que je sentais la solitude à l'intérieur et voyais une sorte de tombes autour de moi, verticales, tapissées de vieux couvre-lits blancs ou beiges, deux plis en forme de fenêtres fermées, un peu tendues mais pas rigides. Là reposaient mon père et mon frère, ainsi que ma mère, bien qu'elle ne soit pas encore morte, et depuis de nombreuses années. Bientôt on les accompagnerait. Plus que des images, il s'agissait de sensations, négatives, profondes, déchirantes, de l'impossibilité de communiquer, de parler avec elles, du temps perdu pendant lequel il aurait été possible de se connecter et qui a été irrémédiablement écarté. Comme si cela ne suffisait pas, anticipant ma propre mort et mon enterrement dans ce lieu, j'étais sûr que moi-même je ne serais pas capable de communiquer avec moi-même, de me parler, du moins de penser à quoi que ce soit. C'était l'adieu total.

Je me suis réveillé avec l'idée de ne pas perdre les heures, les jours ou les années qu'il me restait avec mon parent vivant, proche dans l'espace mais loin dans la pratique quotidienne, juste quelques minutes de conversation téléphonique chaque jour. C'était déjà beaucoup par rapport aux autres familles, mais à l'époque cela me semblait insignifiant et nuisible. Il a subi la douleur de la fin, le malaise de l'infini. Pas pour un moi immédiatement avant une fin sans conséquence. Il n'y avait pas de temps ni de retour en arrière, rien n'était possible, absolument rien. Et à un pas, l'oubli. Aussi de moi sur moi-même.

L'énorme agitation m'a réveillé en sursaut, même si je me suis allongé et allongé sur le canapé à regarder un plafond reflétant la lumière du matin. Qui grandissait de plus en plus. Je refermai les yeux et retournai aux rêves qu'ils partageaient avec moi. Quand je me suis réveillé à nouveau, j'avais mal au dos, surtout le long des vertèbres lombaires. Il était à peine dix heures et demie. Cette fois, le même voyage de rêve, totalement différent, s'était superposé. Il perdait sa netteté, les détails de l'histoire et les personnages qui y vivaient, mais il était encore capable de se souvenir de certaines choses. J'ai comparu aller à un bureau public pour une sorte de réclamation ou de requête. Une grande porte d'ascenseur double était secondée par deux escaliers qui faisaient saillie autour d'elle, avec un couloir devant qui reliait les vols qui montaient et descendaient. Je devais aller au cinquième ou septième étage et j'ai entendu comment un sujet masculin, avec des cheveux blonds étranges, une géométrie impossible, parlait à la réception et a décidé à la dernière seconde de prendre l'ascenseur avec moi pour une deuxième plainte. Quand je suis arrivé à l'appartement, ce n'était pas le bon, mais les portes s'étaient fermées pour me permettre de rentrer et le bouton d'appel ne répondait pas, alors j'ai décidé de monter les escaliers à ma gauche. Le grand type aux cheveux étranges m'a suivi à grandes enjambées en me disant qu'il passait le premier. J'accélérai le pas et marchai devant lui dans une pièce où tout changea. C'était une maison particulière où j'allais séjourner peu de temps, et où la blonde était déjà blonde ; et il allait rester aussi. Il y avait un long canapé devant un meuble bas avec une télévision de taille moyenne obstruant sa vision jusqu'au milieu des sièges par une épaisse colonne à base carrée. A gauche, assise en silence, la blonde; avec moi, à ma droite, une toute petite fille, ma fille, avec des jouets qui l'amusaient, et plus loin un jeune homme, le responsable de l'appartement, pas le propriétaire. Je me levai et traversai la pièce en ligne droite jusqu'à me retrouver devant une porte, celle de la chambre que j'occupais avec ma fille, déjà installé mes bagages limités.

Rien n'avait de sens. J'avais des affres, probablement à cause de mes douleurs lombaires conscientes au réveil, et je me retournais sur les coussins à la recherche de ce qui n'était pas là. Je voulais au moins dominer le rêve pour qu'il évolue vers quelque chose d'intelligible, mais la seule chose que je pouvais obtenir était une autre sensation, sauver la fille, pour toujours, en les tuant tous. Quand je me suis réveillé à nouveau, à peine quelques minutes s'étaient écoulées. Le temps n'existe pas quand vous dormez.

34.

Un de mes nombreux fantasmes, déjà né dans la maturité: être un assassin professionnel dès l'âge de quinze ou seize ans, protégé par une intelligence bien supérieure à n'importe qui, devenir un inconnu de tous dans cette double vie, ordinaire et criminelle, extraordinairement lucrative les années et l'expérience, bien que tout l'argent obtenu, après avoir dépensé ce qui était nécessaire pour la technologie et la préparation essentielles à ce travail de tueur à gages, ait été converti en dons anonymes pour des œuvres caritatives ou des destinations altruistes similaires. Il était impossible de m'identifier, même si dans des cercles très spécifiques on connaissait mon existence, ainsi que la manière dont je pouvais être embauché. Et pourtant, il a négocié et collecté d'énormes sommes d'argent auprès du pire de ce monde, d'après ce qu'on peut en déduire, ce ne serait pas de l'argent propre.

Elle a aussi mis fin aux plus néfastes, en rejetant les commissions contre des innocents. L'exception s'est produite après un travail pour la mafia qui ne voulait pas être payé comme convenu, et la "famille" qui l'a commandé, plus de deux cents personnes, dont des enfants, ont été éliminées en moins de deux mois, la plupart d'entre elles se sont installées dans Calabre. C'était fondamentalement le seul épisode imaginé d'un profil de fantasme aussi puéril, à l'exception de la tentative ratée de se faire attraper par une équipe Seal très spéciale qui a été détruite en moins de cinq minutes, le plus proche de m'attraper, un autre exercice de superlatif puérilité complaisante. Le reste, c'étaient des boulots individuels indéterminés, partout dans le monde, et qui après l'adolescence devaient être combinés avec de solides alibis: le type de boulot et une femme et des enfants qui, bien sûr, ne savaient rien. C'était ma couverture, mon autre identité. Une suspension d'incrédulité a été poursuivie sur la base de l'intelligence extraordinaire que, bien sûr, elle n'avait même pas de loin dans la réalité, laissant de nombreux espaces dans le vide, sans explication possible, donnée pour les faits. Parfois, je récupère le profil de tueur à gages imaginé me plaçant dans cette notion de pouvoir, on peut dire cet absolu, de meurtrier implacable et indétectable, parfait dans le plan projeté, sûr, sans erreur dans sa mise en œuvre, capable de tout et en toute circonstance. En fin de compte, ce n'était que l'illusion d'une autoprotection idéale, une sorte d'omnipotence et d'infaillibilité capable de gérer toutes les situations imaginables et de me protéger.

C'est curieux que tout cet imaginaire ne m'ait jamais servi face à l'adversité, mais seulement quand je fantasme. Mais l'autre jour, dans le noir, je me sentais en quelque sorte proche de ce pouvoir, de cet infaillible, et j'agissais comme si j'avais une identité secrète, parallèle à la vraie, si celle que j'ai à la vue de tous est vraiment la authentique. .

Quoi qu'il en soit ce matin j'ai surmonté mon rêve et mon imagination. J'ai fait l'expérience de la toute-puissance et le sentiment de maîtrise était impossible à décrire. C'est comme un rêve de bonheur. Une satisfaction qui semble sans fin. L'exhaustivité et l'intégrité les plus absolues.

J'ai toujours su que c'était aussi un besoin insatisfait, refoulé, à peine satisfait de moments occasionnels où il dérangeait un animal de compagnie hors de la vue de son propriétaire, sans compter ce petit animal innocent qui était gardé à la maison. Et j'ai le sentiment que maintenant c'est devenu un besoin beaucoup plus pressant. Pour le moment, cependant, le souvenir récent me suffit, auquel je peux aller quand je veux, comme boire lentement ma boisson préférée, bien fraîche, quand j'ai soif. Cependant, je pense aussi à ce qui arriverait à un être humain. Je ne pense pas que ce soit la même chose. Chez le chien, il y a des aspects de soumission naturelle, en particulier de renifler quoi que ce soit, qui peuvent difficilement être imposés au comportement naturel d'une personne. Ou peut-être oui.

Cependant, je note une différence très importante entre les humains et les autres animaux. Insectes mis à part, je n'ai pas de cœur contre les seconds, mais bien souvent j'aurais envie de tuer les premiers. Dans une large mesure quand je considère qu'ils devraient être punis pour quelque chose qu'ils ont fait ou, tout simplement, pour ce qu'ils sont. Dès qu'ils connaissent la raison de leur mort, c'est l'objectif, qu'ils meurent, point final. Il n'en va pas de même avec les animaux dits irrationnels. Autant je me soucie relativement de leur sort, il est vrai, ce n'est pas la mort que je recherche, alors que la possibilité de mourir ne les affecte pas le moins du monde, je pense, quant à leur souffrance face à la douleur ou à la imminence de plus de douleur, ce qui doit être très différent pour un homme ou une femme, ou même pour un garçon ou une fille, qui se savent mortels et comprennent qu'ils peuvent perdre la vie.

Je me souviens de ce petit garçon, le frère cadet d'un ami qui était aussi plus jeune que moi, deux ans, avec qui je jouais dans la rue quand j'avais dix ou douze ans. Je ne sais pas si je l'ai trompé ou si j'ai juste profité de l'occasion pour le conduire à son frère dans un centre sportif à trois pâtés de maisons du sien. Il devait avoir environ trois ans, quatre tout au plus, et cela m'étonne maintenant qu'il soit seul devant sa maison. C'étaient des époques différentes. Je l'ai pris par la main et nous avons marché dans sa confiance vers le terrain de football où nous pensions que le frère serait. A une centaine de mètres de la porte il s'est séparé et s'est mis à courir, mais juste avant que je lui montre des excréments dans un coin, l'attirant vers eux, obtenant le rejet immédiat et viscéral de ce garçon au visage angélique, au nez plat, comme sans os, et front large et pelucheux. Je pense qu'à ce moment-là, il connaissait ma vraie nature alors que même moi, je n'étais conscient de rien. Mais j'ai vu dans ses yeux une peur énorme, presque irrationnelle, qui était ce que je cherchais au fond de moi avec cette manœuvre. S'il avait cet enfant disponible maintenant, avec sa capacité à avoir peur, il pourrait être meilleur qu'un animal de compagnie.

35

Lorsque des pensées liées au fait de faire du mal aux gens surgissent, l'obstacle insurmontable de la lâcheté surgit inévitablement. Torturer un animal n'est pas la même chose que torturer une personne, et cette personne, qui peut parler et raconter des histoires, devrait être tuée à coup sûr, sauf pour trouver un moyen de ne pas être reconnue d'aucune façon, mais je n'ai pas le intelligence de mon assassin professionnel chimérique. Je pense que ma cupidité ne suffirait pas à vaincre la peur d'être découvert, sans parler de comment tout faire. Ce ne serait pas seulement tuer, ce serait juste la fin, ainsi que la suppression de toute trace qui pourrait me trahir.

Naturellement, il faudrait que je le planifie dans les moindres détails, en commençant par le choix d'une victime à laquelle personne ne pourrait s'identifier, ou dans un lieu et un moment auxquels personne ne pourrait s'identifier, une sorte d'amplification d'alibi qui, bien sûr , devrait également élaborer consciencieusement. Mais contrairement à ce personnage imaginaire super intelligent, je doute de ma capacité à élaborer un plan qui empêcherait de se faire prendre.

Et c'est là que réside la peur d'être découvert, en partie à cause de l'exposition au grand public, mais surtout à cause d'être incarcéré et maltraité de mille manières dans la prison à laquelle il a été affecté.

La liberté authentique peut être celle de quelqu'un qui n'a pas d'attaches, non pas physiques, mais aussi morales et juridiques, et une autre par sa propre nature, sur laquelle on entend considérer que la nature juridique ne suffit pas chez un animal social, ce qui est en partie irrémédiable. son habitat et son cosmos relationnel. Mais l'idée d'être libre peut aussi être identifiée comme celle de tout sujet soumis à toutes les circonstances et contradictions circonstancielles, puisqu'il n'est pas possible de penser, plus qu'à un niveau théorique, de laboratoire, la figure d'un individu en lui-même, déconnecté de tout ce qui l'a formé dans le passé et l'entoure dans le présent. Au-delà de l'instinct de Lorenz soutenu par l'hérédité animale, et du comportementalisme de Skinner qui explique tout du conditionnement social, il est clair que contrairement aux animaux, les êtres humains vivants sont agressifs non seulement pour la survie ou défensivement en dernier lieu, mais aussi comme s'il s'agissait d'une passion, telle comme l'amour ou la cupidité, typique d'agir sans objectif social ou biologique, qui est généralement identifié comme une destruction maligne, mais toute agressivité était pour Freud une cause de maladie. Et peut-être la revue anthropologique nous a-t-elle permis de constater que l'évolution de l'espèce humaine, si l'humain est une espèce, domine et restreint l'instinctif à la poursuite de cette autre agressivité, en même temps qu'elle purifie les distances avec l'animal irrationnel, là où avec la cruauté est également averti que ces émotions disent du bien, en particulier l'amour. Dans ce contexte, on finit par se demander si la liberté est vraiment un principe et un droit fondamental aussi exigeant ou mérite, au contraire, d'être beaucoup plus défini par la communauté. Ou peut-être est-elle déjà plus que délimitée, et la question est de la reconnaître. Si on en discute, il faudrait réfléchir à ce que l'on veut, une liberté authentique, et laquelle des deux?

36.

La vie craint. Cette expression n'est pas inhabituelle sur mes lèvres, mais à proprement parler, il faut conclure qu'elle est incorrecte. Peut-être devrais-je dire que moi-même c'est de la merde, car la vie, en elle-même, de la nature aux exploits de l'esprit humain, est merveilleuse et ne nous donne l'opportunité, par hasard ou par nécessité, que sous l'idée du destin ou prédestination, ou libre arbitre de faire et de ne pas faire. Il est vrai qu'après la mort de Dieu pour l'homme, comme le disait Nietzsche, et cela s'est effectivement produit avec la mort de la raison, nous sommes arrivés à la crise même de l'espérance où réside le désir d'avoir. Quel que soit le pourquoi et surtout le pourquoi, que ce soit dans le monde du capitalisme ou dans celui du communisme, la propriété est le guide indiscutable de l'individu, peu importe à quel point il partage plus ou moins une vision générale et même la recherche du soi-disant bien commun. Mais c'est pareil.

Impera la ambición en la peor de sus perspectivas, y la acumulación sobre esa visión codiciosa, no obstante la mayoría de la población mundial carece de la más mínima oportunidad de reaccionar ante una de las violencias más sangrantes y probablemente más peligrosas por su aparente silencio: la pauvreté. Je me souviens toujours que le 11 septembre 2001, lorsque plusieurs milliers de personnes sont mortes dans les tours jumelles de New York et dans divers avions de passagers, beaucoup plus d'êtres humains ont péri de faim ce même jour, comme ils l'avaient fait la veille et ont continué à le faire tous les jours jusqu'à aujourd'hui. Chaque putain de jour. Parmi eux, un nombre également supérieur à ce nombre de décès étaient des garçons et des filles, plus de vingt mille de pas plus de cinq ans. Je suis sûr que chacun de ces derniers était absolument innocent, et je ne crois pas que la majorité des victimes adultes du 11 septembre l'aient été, du moins dans la mesure où sciemment ou par ignorance délibérée, jour après jour, ils n'ont rien fait dans le face à la mort massive par famine susmentionnée, ou concernant l'une des milliers de batailles sur la planète à la poursuite de ce qui est juste en n'ayant pas assez de nourriture, de territoire, d'armes ou de vanité. Cela ne veut pas dire que j'approuve les attentats, un horrible travail d'idiots, et je fais référence aux individus qui, dans une stratégie intellectuelle erronée, ont concocté et dirigé la mort terroriste, sans se mettre en danger en se servant des partisans qui se sont immolés, plus stupides encore, et bien que lâches pour leurs actions envers les autres, non pas dans la mesure où ils ont sacrifié leur existence -ou leur vie s'ils croyaient à l'au-delà- pour un idéal auquel ils croyaient, où éventuellement de fortes doses de impuissance et vengeance contre un pays qui revendique habituellement la domination géopolitique pour des intérêts économiques, malgré l'utilisation du drapeau des droits de l'homme pour intervenir par la force des armes à des milliers de kilomètres de ses frontières, transportant la mort et la destruction dans ces lieux qui se perpétuent lorsqu'ils quittent les lieux , pas la paix ou la démocratie qu'ils vendent aux masses et à eux-mêmes en définitive, encore moins la Justice. Ma propre mort dans l'une de ces tours, bien sûr, aurait eu moins de valeur que la mort d'un pauvre enfant de jusqu'à cinq ans émacié à mort parce qu'il n'avait pas un morceau à mettre dans sa bouche.

Ce genre de choses contribue à l'idée que la vie c'est de la merde, mais la merde c'est chacun de nous. Même dans la vie la plus misérable, et indépendamment du suicide, la douceur et le bonheur peuvent peut-être être trouvés, mais peut-être cela dépend-il en grande partie de la chance, ou plutôt du hasard. En tout cas, il y a ceux qui renoncent à l'importance d'avoir quand ils ont. Ce n'est pas le cas des Coréens âgés qui se suicident parce que l'État ne leur fournit pas de logement, de soins de santé ou de nourriture. Dans cette situation, sans les jeunes qui peuvent offrir leurs propres moyens de subsistance même en désespoir de cause, quels qu'ils soient, un minimum d'avoir doit être considéré comme indispensable pour ne pas dire que la vie c'est de la merde.

Tout finit par mener au pouvoir. Et le meilleur pouvoir est celui qui n'est pas perçu, celui qui a réussi à se discipliner, qui repose fondamentalement sur le mensonge. Curieux en tout cas que l'inexistence de la vérité soit affirmée, sous la clé nietzschéenne que tout est interprétations. Car s'il en est ainsi, s'il est reconnu qu'il n'y a pas de vérité, est-ce que tout est mensonge? Bien qu'il y ait une vérité ou qu'il n'y ait que des interprétations, ce qui est certain, c'est que les mensonges ne cessent de se produire, sans cesse.

On peut aussi penser que les vérités sont des métaphores ou des illusions qu'on a déjà oubliées qu'elles sont, mais alors c'est comme si on ne croyait pas à notre propre raison, à notre pensée unique ou à nos propres sens. Je crois que ce que je vois, ce que je touche, ce que je goûte et sens, ce que j'entends, est une sorte de foi, du latin "fi" de confiance. Ouvrir la recherche, au-delà de la certitude, c'est comme indiquer que la vérité est morte, ce qui ne cesserait pas d'être une forme du Dieu est mort que Nietzsche a exposé, par exemple dans l'aphorisme 125 de Le Gai Savoir: si le monde est clos parce qu'il est pleine de certitudes, Dieu l'ouvre, opère comme un reliquat, l'espérance avant la normalisation auto-disciplinée de ce monde totalitaire; mais Dieu ferme si le monde est ouvert, sans certitudes, comme solution provisoire à la peur de l'abîme traditionnel signifié par la mort. La dogmatique de l'athéisme est bien pire que celle de la religion, s'érigeant avec arrogance en dogmatique de la raison négative. En tout cas, il ne faut pas oublier que dire «Dieu n'existe pas» implique une certitude. Cela doit être mis en rapport avec la considération de Dieu assimilé à l'altérité qui dérange, où l'on ouvrirait et Dieu ce qui ne ferme pas, un reste qui empêche la fermeture, c'est pourquoi il n'a pas de nom et est ineffable. L'indicible biblique. S'il avait un terme ou un mot qui le nommait, il fermerait, alors quand Moïse lui a demandé son nom, la réponse était un terme sans signification. Je suis celui qui était (pas celui qui "suis" dans la traduction grecque) est écrit dans Exode 3:14. Et pour des auteurs comme Nancy, c'est l'instrument que l'être humain utilise pour se dépasser, celui qui conduit au dépassement de soi. Nous agissons entre rien et rien, notre existence après notre naissance et avant notre mort. Nous sommes la possibilité, l'autre est l'impossible.

La captation de Dieu par la connaissance, le logo, vient définir la théologie, qui finalement est de la comprendre comme un ordre. La pensée, la logique, la parole ou l'étude de Dieu. Or, il faut être bien fou pour ne pas s'apercevoir que les absolus et les certitudes de la religion institutionnalisée ont toujours fini par vider l'authentiquement religieux, qui serait à la recherche de quelqu'un qui s'assume fini et se demande ce qu'il adviendra de lui après le fin de la vie mortelle. Mais la possibilité de savoir trahit la foi, qui pourrait être considérée comme une source de savoir, non un savoir à la manière de la science, en tout cas délimité, même s'il avance ses frontières sans s'arrêter, déterminant ainsi les contours qui lui sont propres, à partir de laquelle le croyant a la foi au-delà d'eux. C'est une idée antinomique avec le scientifique, comme celle exprimée par Tertullien à propos de la foi: croire parce que c'est absurde. Si bien que, si l'on choisit cette ligne de pensée, toute contradiction que la raison trouverait dans les textes bibliques ne constituerait plus qu'une nouvelle épreuve concrètement en faveur de la foi.

Lorsque les religions institutionnalisées pontifient avec ce qui est après la mort, lorsqu'elles prétendent donner une réponse à ce mystère, elles trahissent en quelque sorte l'essence de la religion, de la foi. La science, en particulier la philosophie, et la religion, en tant que croyance, ont en vue le même objectif, le pourquoi, mais la seconde ne peut prétendre à un résultat comme le premier, puisque ce dernier est dans les limites de la connaissance et qu'en dehors d'elles : chaque fois que la science démontre une avancée dans la limite, et avec elle, peut-être, une certaine incohérence rationnelle du texte religieux, elle indique la barrière à partir de laquelle il n'y a pas d'explication, et c'est parce qu'il n'y a pas d'explication; qui répand un terrain pour la foi. En tout cas, et en laissant de côté le fait que la science peut se tromper, et affirmer une connaissance qui en réalité ne l'est pas -générant ainsi de fausses limites de la connaissance-, je considère qu'il peut y avoir une certitude chez ceux qui ont la foi et croient à cent pour cent ce connu pour la révélation créditée par la foi elle-même. Parce que la croyance religieuse est aussi une source de connaissance, et que ceux qui pensent que nos limites intrinsèques présentent un paradoxe insoutenable sur ce qui se passe après la mort et critiquent ce qu'offre la foi, oublient que leur critique vient du fait de voir les choses avec raison dans le contexte d'être limité par être mortel, confondant peut-être l'un et l'autre type de "connaissance" en identifiant les deux comme caractéristiques de la "rationalité".

La foi reste respectée au sein de la religiosité authentique, celle qui n'est pas lésée par l'institutionnalisation qui dogmatise, si les écrits sacrés servent de recueil de questions dans la recherche. Bien au contraire lorsque la Bible est configurée comme des instructions pour discipliner la vie sociale et personnelle.

Et si nous nous tournons vers l'étymologie du terme "religion", sachons que ce mot est construit à partir de re-ligare, qui n'est rien d'autre que le retour à l'origine dans cet éternel retour: retour au commencement, vers quoi nous sommes venus à partir de, et le faire efficacement. Il se trouve que cela ne s'arrête pas là, mais en ajoutant les rites, générateurs d'éthique, et une relation directe entre celle-ci et la métaphysique, l'ensemble résultant est orienté vers la pratique de la vie, du comportement, et construit une échelle de valeurs. Mais derrière tout cet appareil institutionnel se cache un monde injuste, le fond qui est confronté à l'éthique, qui ne le résout pas; tout au plus, parfois, à la manière de chiffons chauds, tels que les canaux ou guides religieux sous-jacents: plus vous êtes mauvais, plus vous êtes pauvre et malheureux, mieux c'est. Et celui qui est convaincu que le laps de temps terrestre n'est presque rien dans la poursuite de l'avenir éternel, assume même avec gratitude la pernicieuseté de sa vie et permet le triomphe du pouvoir.

37.

J'aimais dessiner des couchers de soleil. Mieux vaut dire qu'il colorait les couchers de soleil et les crépuscules. Il me semble me souvenir qu'il faisait ça pour le plaisir, tout simplement. J'avais l'habitude de voir ces couleurs orange, rouge et indigo depuis la galerie de ma maison. J'utilisais des crayons de couleur ordinaires et des feuilles de papier ordinaires, lignées ou quadrillées, peu importait. Il s'agissait d'incorporer des lignes et des couches horizontales, essayant de copier un ciel changeant pendant que ma mère cousait ou tricotait assise dans un fauteuil marron et totalement concentrée sur son travail. Et le silence autour.

Parfois, je me réveille à cause de l'angoisse, en pensant que tout est fini ou sur le point de se terminer. Une période de vacances, par exemple. La mienne est à la limite de sa conclusion. Il ne s'agit pas de la peur d'approcher la mort, mais cela compose aussi une fin, une fin, donc l'angoisse, déjà existentielle. Pour l'instant, je m'éloigne de ces pensées, qui ont tendance à susciter des émotions négatives, mais pas les plus légères et qui n'ont guère de signification, comme qu'une journée commence sans objectifs, et que, lorsqu'elle se termine, une autre journée gonflera une vie de plus en plus longue où regarder en arrière rapportera de nombreuses réalisations mais aucune ne montrera une authentique satisfaction personnelle, intime et véridique. Mon expérience avec cet animal n'a pas du tout été un exploit, mais c'était une vraie satisfaction, profonde et profonde, un plaisir intense qui se connecte avec ce qu'il y a de plus intérieur, qui révèle des pulsions non pas créées intellectuellement mais inhérentes à ma nature, essentielles et persistantes par beaucoup d'élaboration rationnelle qu'il déverse dans ma tête, cherchant à imprégner mes connexions neuronales avec quelque chose de bon, bien que la raison ne soit pas toujours bonne, en particulier lorsqu'il crée des monstres goyesques.

Par l'intellect je peux tracer des justifications délirantes pour relativiser mes victimes au point d'éliminer leur moindre droit à l'existence, comme un grain de sable dans le désert de l'incertitude, pas en vain des milliers et des milliers de personnes meurent chaque jour et non pour des causes naturelles. Ces vingt mille enfants de moins de cinq ans, chaque jour, contre quatre ou cinq mille adultes dans les tours jumelles.

Peut-être que la frustration totale provient de la suppression de la cruauté qu'elle exige sans cesse, et il est possible que des satisfactions d'une autre nature, typiques de l'amour ou de l'amitié, puissent couvrir certains besoins qui, lorsqu'ils ne sont pas satisfaits, conduisent à compenser émotionnellement, d'une autre manière. Bien essayé, mais non. Je ne pense pas que le chagrin et la solitude causent ce que j'ai, ce que je suis. En fait, j'ai apprécié et apprécié l'amour, donné et réciproque. D'un autre côté, je dirais que je me retire même souvent, au moins périodiquement, de la vie relationnelle et provoque le retrait des autres également. C'est, en général, une manœuvre punitive, d'agir ma propre discipline, de donner des leçons en privant les autres de ma présence. Comme s'il était Dieu par rapport à l'Étoile du Matin, dont la plus grande difficulté est de ne pas pouvoir la sentir, la voir. Ce sont des poussées de désir d'être seul et triste, et ainsi j'obtiens, à travers la punition supposée des autres, une tristesse et un éloignement qui m'appartiennent. Honnêtement, je me punis. Arrêter de voir quelqu'un, ou lui parler, voire tuer une relation, l'éradiquer complètement, la justifier parce que l'autre être humain ne l'a pas mérité, ne me mérite pas le moins du monde, se repentir ou non de ce que je suis venu donner, mais en tout cas en le punissant aux fins de tout lien.

Quand j'allais à l'école primaire, un très vieil homme est venu chercher un camarade de classe après la classe, l'après-midi. Il était toujours debout, attentif, bien coiffé. Il n'était pas très grand, et il ne pouvait pas non plus corriger sa courbure cervicale, à cause de son âge je suppose. Il était sérieux, calme, avec un regard serein, et lorsqu'il vit son petit-fils son visage s'éclairer, il avança de quelques pas vers lui tandis que le gamin s'approchait de lui sans trop d'intérêt. Puis le bonhomme a montré un paquet jusqu'à ce moment caché dans ses mains repliées derrière son dos, le remettant avec enthousiasme. C'était le goûter, un sandwich dont j'imaginais souvent comment il était préparé chez elle, après avoir acheté le pain tout juste sorti du four, l'avoir trempé dans de la tomate, l'avoir arrosé d'huile d'olive, coupé soigneusement le chorizo. Je pensais aussi qu'il était veuf, ou que sa femme était malade, car sinon les deux grands-parents seraient allés à l'école et je n'ai jamais vu une vieille femme accompagnée. L'homme portait un livre qu'il lisait assis sur un banc dans un parc voisin où il est allé avec son petit-fils pour qu'il puisse jouer un moment. Je ne sais pas pourquoi, une fois je suis resté quelques minutes à jouer avec sur le chemin du retour, et pendant que Papy lisait confortablement et satisfait, mon camarade de classe a jeté le sandwich dans une poubelle. Il m'a laissé stupéfait et je lui ai demandé pourquoi il avait fait une telle chose, vu ce jour-là le type de collation qu'il avait, à quel point le pain avait l'air appétissant, l'abondante saucisse finement coupée et dépassant symétriquement de tous les bords. Si j'avais pu le manger moi-même avec grand plaisir. Il m'a dit qu'il le faisait depuis le début, que c'était toujours le même type de goûter, sauf qu'il alternait avec du saucisse, un autre de mes plaisirs, donc l'effort du plus âgé n'a jamais fourni nourriture et saveur à l'enfant. Je ne sais pas si son ingratitude et son mépris ont jamais été connus, je l'espère, ce grand-père se contentait toujours de livrer un goûter gourmand tous les après-midi et prenait plaisir à le faire. Avant de terminer le cours, j'ai perdu de vue le vieil homme tordu pour toujours. Il a cessé de venir chercher son petit-fils parce que la mort l'a ramassé. Je veux penser qu'il était très heureux pendant ses derniers mois de vie, en regardant son petit-fils grandir et en pensant qu'il mangeait ses fantastiques sandwichs, parce qu'ils l'étaient.

38.

Je souffre d'une amertume qui ne se projette pas tant vers l'extérieur qu'elle ne me déverse de chagrin, en partie à cause de ce qu'elle implique d'échec, mais aussi, plus encore, à cause d'une douleur auto-infligée, d'un malaise contre moi-même qui d'ordinaire presque aurait toujours pu éviter. Ma décision est la cause contingente de ma propre misère, parce que je veux être malheureux. Est-ce un besoin émotionnel? Sera-ce un élan impossible à coincer avant longtemps?

Je dois être triste, désolé, me lamenter en silence. Générant inconsciemment de la haine, de la vengeance, du désir de mal autour. Souhaitant partager mon regret, que tout le monde ressente le mal que je ressens. Souhaits pour l'instant. Et ils grandissent. Et ils deviennent des géants, des intentions énormes qui comblent le vide que j'ai moi-même causé. Parce qu'au fond je le veux comme ça. C'est mon besoin préalable. Peut-être aussi une partie de la vie proprement dite, mais pas complète. J'y parviens avec une cruauté qui poursuit la souffrance et la douleur, pas la mort.

La vie, c'est savoir que vous vivez, être conscient de cette vie, battre l'existence. Je pense que, comme dans cette histoire, s'ils inscrivaient ma pierre tombale aujourd'hui, ils pourraient dire que je n'ai vécu que quelques heures. Je n'oublie pas les secondes gagnées cette fois où j'errais sans but j'ai marché sur la queue d'un chien tranquillement assis de l'autre côté d'une porte dans une cour avant fermée. L'animal attendait que ses maîtres rentrent chez lui, et malgré son acuité auditive, il ne m'entendit ni ne m'entendit approcher sur le trottoir qui le jouxtait. Furtivement par hasard, je suppose, je remarquai soudain la queue épaisse posée sur le chemin de mes pas. J'ai à peine pensé à le faire et je le faisais déjà. J'ai cloué le talon de ma botte dans une manœuvre rapide et énergique. Irriter. J'ai remarqué dur, os. Aussitôt un hurlement de surprise et de douleur s'échappa, le membre meurtri courant sous mon talon avec un mouvement de fuite naturel et avide, comme un serpent accroupi dans l'herbe au bord d'un sentier. Une action réflexe. J'ai eu la sensation d'écraser quelque chose, comme le nœud d'une canne séchée sous le pneu d'une voiture.

Il faudrait aussi que j'ajoute quelques secondes quand j'ai marché sur les pattes avant d'un sympathique caniche qui faisait semblant de renifler mes chaussures quand je marchais vers le marché, faisant semblant de s'arrêter pour ne pas marcher dessus mais le faisant comme quelqu'un qui je ne peux pas m'en empêcher. Ou un autre caniche reniflant impertinent qui par trois fois et devant l'impassibilité de sa maîtresse, distraite de payer la caissière du supermarché, s'est effleuré le nez avec le bout de ma chaussure. Au quatrième reniflement j'avançai le bout de la botte, reformé à l'intérieur avec un embout métallique, vers la recherche de son odeur, impactant sans bruit mais avec un effet douloureux immédiat et intense. Je l'observais du coin de l'œil mais cachais mon mouvement vers la charrette que je venais de charger à ce moment-là, comme un alibi. En m'éloignant, j'appréciai sa douleur avec un énorme amusement, surtout quand il me regarda sans bouger la tête, levant les yeux craintifs de la position penaude qu'il avait adoptée après l'impact. Il porta même une de ses pattes à son museau, plusieurs fois, finalement immobile, et réprima au moins un instant son envie innée de renifler. J'ai été surpris par l'absence de plainte audible.

Dernièrement, en croisant un propriétaire tenu en laisse, un vilain pit-bull s'est avancé vers le bout d'un patin de fer que je portais avec moi, le tenant dans ma main droite, et comme quelqu'un qui ne veut pas de la chose, j'ai anticipé son approche en corrigeant la prise du scooter de sorte que, dans une manœuvre presque imperceptible pour ceux qui ne regardaient pas attentivement, l'extrémité était dirigée contre son museau, qui dans un geste confiant et typique de l'impudence irrévérencieuse, s'apprêtait à l'utiliser pour sentir . Le coup le renvoya comme un ressort, laissant la pointe dure du patin visiblement mouillée.

Le meilleur dans la catégorie des seconds était ce chiot aux cheveux noirs, si alerte et curieux de tout le monde qui l'entourait qui s'était ouvert à ses yeux très récemment, mal tenu en laisse par un jeune propriétaire qui ne regardait même pas quand il se déplaçait rapidement entre les gens le long du boulevard du quartier vers la mer. Le petit animal, agile mais un peu maladroit en raison de son jeune âge, maintenait le bon rythme de la fille avec un peu d'effort, mais se comportait béat et heureux. Je montais à la maison, en sens inverse de lui. Presque sans regarder, comme si je ne l'avais pas vu et sans me retourner pour apprécier le résultat sur ma victime, j'ai dirigé fortement ma jambe gauche presque au ras du sol. Cela ressemblait à un pas, celui correspondant à la marche rapide que j'adoptais quelques mètres auparavant, mais sans lever le pied en fléchissant le genou comme en marchant normalement. C'était un coup de pied à part entière, frappant les deux pattes arrière de l'animal. J'ai senti le contact retentissant contre ses os, et même sans le voir j'ai perçu le manque de soutien de son arrière-train, accompagné d'un gémissement de douleur profonde, et je suppose avec la plus désagréable des surprises. Je ne sais pas si la femme s'est rendu compte de quelque chose ou a suspecté mon intention préméditée. Peut-être a-t-il senti l'impact à travers la laisse et a-t-il regardé l'animal; après avoir gémi de douleur. Je ne l'ai pas entendue dire quoi que ce soit. Peut-être qu'en entendant la plainte aiguë de son tendre animal de compagnie, il a tourné les yeux vers les passants après s'être d'abord concentré sur l'animal, soit il m'a vu me tourner le dos comme quelqu'un qui n'a même rien remarqué, soit il n'a rien remarqué. Je n'identifie même personne parmi la foule qui à ce moment a inondé le col. Une leçon inestimable pour le chiot en question sur les risques de se promener parmi les humains. Les animaux n'oublient pas ces choses, une telle opportunité suffit pour qu'ils soient dressés pour la vie.

Je me souviens d'un autre chien, très poilu et avec de grandes oreilles tombantes, un de ceux dont vous ne savez pas comment ils peuvent voir quoi que ce soit à travers tant de poils. Il était dans la même rue que celui à la queue écrasée, aboyeur habituel comme un possédé quand il vous entendait arriver, n'attendant jamais et détendu à la porte, surtout du piétinement. Les grandes oreilles poilues, d'autre part, s'ennuyaient à dominer la cour avant avec vue et odeur où ils le laissaient pendant des heures sans contact humain ou autre, et tout bruit le précipitait silencieusement vers le mur, où il se levait en soutenant ses pattes avant et il était niché dans l'espace d'à peine deux pouces entre le bout du mur et une clôture entièrement recouverte de haie artificielle. On pouvait l'entendre respirer et renifler avidement. J'imagine comment cela s'est accompagné d'un mouvement d'yeux qui ont tenté de pénétrer la haie avec un véritable désir d'avoir de la compagnie, ou du moins de la voir. Une curiosité exorbitante l'a privé, le transformant peut-être en un mammifère obsessionnel-compulsif imparable. Au moment où je passais à côté de lui, j'ai vu une feuille tombée sur le sol, comme celles des palmiers qui ont des fleurs blanches au sommet. Il était sec, avec une pointe dangereuse à son extrémité. Je l'ai pris sans vraiment savoir quoi en faire mais en imaginant tout de suite quel usage je voudrais lui donner. Je revenais par la même rue d'où je venais, mais je marchais de l'autre côté du trottoir, afin de traverser devant la maison du poilu et passer par le même endroit de son repaire préféré. Encore une fois, le chien répéta son habituelle opération innocente et curieuse tandis que la feuille sèche et pointue servait de stylet agressif contre l'espace entre le mur et la haie. Il ne pouvait pas voir l'animal, mais il savait certainement que son museau humide était enfoncé dans le trou, inhalant des odeurs. J'ai frappé sans regarder, gardant les yeux droits devant, contrôlant l'environnement directement et périphériquement, donc quelques centimètres d'erreur auraient cloué l'air, mais le poignard végétal a frappé carrément. J'ai remarqué un obstacle contondant et un hurlement immédiat, aigu, profond et prolongé. J'ai dû lui enfoncer la pointe de la lame, j'espère que ce n'était pas dans son œil, car cela aurait pu le blesser gravement et définitivement, alors que dans la chair ça aurait été une énorme aiguille pénétrant et cicatrisant au bout de très peu de temps. journées. J'ai voulu ce dernier, parce que la gratification venait de la douleur, surtout reçue par la surprise traîtresse, jamais dans le but de générer des séquelles irréversibles. Je n'ai jamais su de toute façon. Peut-être ai-je empêché des sans-cœur de faire un vrai mal ; Je me répète que les animaux n'ont pas besoin d'une deuxième occasion pour apprendre, une seule leur suffit pour s'en souvenir tout au long de leur vie. Je suppose que depuis je suis repassé par là mais je ne sentais plus ce chien perturbateur sur ses pattes avant coincé dans le trou.

Ma dernière victime, d'hier et d'aujourd'hui, ajouterait plusieurs heures à ma vie inscrites sur cette pierre tombale imaginaire du temps.

39.

Je n'ai présenté mes excuses qu'à une seule personne, et une seule fois dans ma vie. Il était en cinquième année de l'école primaire et il avait un nom de famille de la ville. Avec les animaux, par contre, je l'ai fait plus d'une fois. Dans celui-là, j'ai oublié pourquoi il était en colère contre moi, mais j'ai dû lui dire quelque chose de mauvais, au niveau stupide du préadolescent de quelqu'un qui n'a pas le mal et s'il l'a, il ne le sait même pas encore, et il ne peut pas pratiquez-le non plus. Nous sommes restés quelques jours sans nous parler. Un matin, debout à côté de lui, à ses côtés, je ne sais pas ce que j'ai réussi à lui dire, peut-être même pas «excusez-moi», mais c'était une excuse, claire et concluante. Rien n'a été pareil depuis, bien que nous soyons formellement redevenus amis. Ou des camarades de classe qui se parlent et partagent quelque chose au-delà des académiques. A cette époque, même si nous étions ensemble depuis des années, depuis que nous avions cinq ou six ans, nous nous appelions par nos noms de famille, peut-être parce que c'est ainsi que les professeurs s'adressaient à nous, dès l'appel au petit matin, après la prière du Seigneur debout, à tout autre besoin. J'aimais la compagnie de ce garçon parce que nous parlions d'occultisme et nous nous racontions des histoires d'horreur, des histoires fantastiques qui nous faisaient réfléchir et nous faire peur. C'est lui, je pense par l'intermédiaire de son frère, qui a introduit ce type de récit, et nous avons été rejoints par trois ou quatre autres collègues.

C'était excitant de se plonger dans la prétendue réalité de ces expériences et d'imaginer une vie après la mort versée dans la vie quotidienne. Il n'y avait pas de cruauté, pas même à distance, et dans les scénarios dérivés non plus. Enfant, je n'avais aucune inclination pour un tel mal, à part la violence explicite, qu'elle soit verbale ou psychologique.

J'ai revu mon ami au nom de famille urbain quelques années plus tard, alors que nous nous serions déjà dit au revoir à la même école, je suppose. Je lui ai dit que sa voix avait changé, qu'elle était devenue plus grave. Je pense que ce serait simplement le produit d'avoir grandi. Nous ne sommes pas restés en contact, ce serait dû à mon manque d'initiative, bien que je ne l'aie pas remarqué non plus. Nous ne nous sommes pas vus chez l'autre, donc ni lui ni moi ne savions où habitait l'autre. Et nous n'avions pas échangé de téléphone non plus, nous ne nous parlions même jamais que face à face et dans le même centre éducatif ou à ses portes.

La plupart des abandons dans ma vie ont été réciproques, des camarades de classe dans la rue, des voisins, de l'école. Je ne sais pas si c'est normal ou, au contraire, les groupes qui se forment dans ces zones perdurent pour toujours, ou du moins au-delà du temps et du lieu où se forment ces relations sociales. Même si j'étais une partie directe de tout ça, et même si à l'époque ça se passait je ne me rendais pas compte de ce que ça signifiait, je pense que j'accumulais les abandons, les pertes, les bouts de solitude. Ils m'ont construit seul, ou je l'étais déjà et c'est pourquoi j'ai forgé tant d'adieux définitifs consécutifs. Et c'est pourquoi je n'ai pas de vrais amis, ayant perdu tous ceux imaginés comme ayant été tenus hors de l'habitat et préservés une fois les milieux dans lesquels ils se sont formés dépassés.

Je crois en la loyauté et je ne la trouve chez personne, pas vraiment, ou d'après ma compréhension de cette vérité. Ce doit être la cause ultime de ma situation de non-amitié. De plus, ce n'est pas tant l'absence de comportement loyal que la déloyauté tangible, progressive et permissive. Mais la vanité est extraordinaire quand on s'examine. En tout cas, la plasticité de la nature humaine semble indéniable. Entre le bien et le pire de l'être humain se trouve le comportement qui en résulte dans chaque cas spécifique, qui peut être très malléable. On sait que les ressources manquent pour résister à l'autorité, qui comme telle suspend la moralité plus de fois qu'il n'y paraît, et sauf pour ceux qui possèdent et jouissent en pratique d'une authentique retenue morale, une duplicité s'ouvre dans l'intérieur de l'homme. Comme le disait Montaigne, il nous fait douter de ce que nous croyons et ne nous laisse pas échapper à ce que nous condamnons.

Je me tortillai sur le canapé et trouvai un endroit confortable pour mon dos, gardant mes yeux sur le plafond blanc. Il n'y a pas longtemps, j'ai parlé au téléphone avec ma mère et elle m'a dit qu'elle avait rencontré la mère de Grandes Dents, qu'elle n'a pas reconnue pendant un bon moment de conversation. Elle m'a expliqué comment sa fille et moi jouions quand nous étions petites, nous allions au cinéma, nous étions amies. Voulait-elle vraiment dire ce qu'elle disait, un souvenir modifié ou ce qu'elle tenait pour acquis depuis le début sur la base de fausses informations de sa fille? Une fausse déclaration plus qu'évidente, sans aucun doute. J'ai toujours su la bonne impression que je fais en général, dès qu'il y a une relation directe, ou que je reçois grâce aux références de ceux qui ont eu ce type de relation. Tout au plus, sinon tous, les rassemblements sociaux et familiaux, sans être drôles, vous risquez de tomber dans le panneau. Je ne raconte pas de blagues, mais des événements qui vous font rire ou sourire sortent de nulle part et, surtout, sont capables de générer une atmosphère détendue, amusante et agréable. Et que, dans un premier temps, l'impression peut être très différente, voire amère et distante. Peut-être qu'ils devraient le garder, ça pourrait bien être mon essence.

Dans tous les cas, une contradiction apparaît. Ce qui est essentiel, ce qui est quoi que ce soit, implique qu'il ne change pas, que sa nature est intacte, mais cela est impossible en raison de l'évolution. Tout devient, c'est en transformation, en changement continu, lent et imperceptible, mais imparable.

Mes sautes d'humeur ont certainement généré des altérations radicales dans le petit écosystème social créé, me montrant ainsi comment moi et aucun des autres n'étions le moteur de bons sentiments, favorisant ainsi l'élimination absolue de ce bien-être. Une joie supplémentaire qui incluait ma propre punition.

Il est également vrai que ma perception sur des questions basiques, banales ou spécifiquement fondamentales peut être complètement erronée. Il tenait pour acquis, par exemple, que le fait d'aller au cinéma de bouche à oreille n'était pas basé sur les informations fournies par un spectateur à une autre personne, mais plutôt en raison de l'intérêt d'un couple à se rendre dans la salle de projection sombre dans laquelle pouvoir embrasser ou autre chose.

Le Yin et le Yan, Darwin, adaptation, bla, bla, bla, tout ce point superficiel introduit dans le film de Michael Mann, où le gris des vêtements du protagoniste se mêle à la couleur urbaine, semble aussi un non-sens. C'est dans le verbiage du personnage incarné par Tom Cruise, mais on peut sans doute trouver une logique bien éloignée de cette histoire : l'équilibre que la vie cherche contre la mort, car chaque acte pour la vie est un triomphe contre la fin. Le Yin et le Yan ne sont pas seulement un symbole du bien et du mal, mais aussi un équilibre nécessaire entre l'un et l'autre, au-delà de la double approche simpliste selon laquelle une chose ne peut exister sans l'autre, que la lumière ne peut être comprise sans le concept d'obscurité. Bref, la pensée dualiste ou binaire caractéristique de l'être humain, en fait typique du langage informatique; peut-être sommes-nous une expérience génétique sur un profil d'intelligence artificielle et donc la tendance à penser comme une machine, avec des uns et des zéros, blancs ou noirs, oui ou non, ce qui est bien et ce qui est mal.

C'est une guerre contre la deuxième loi de la thermodynamique, la loi d'entropie selon laquelle dans un système fermé l'ordre tend au désordre, au chaos, à la dissolution, ce qui peut être assimilé à la mort. La vie cherche inévitablement l'ordre, l'équilibre, s'opposant à la mort dans chacun de ses actes de survie, où l'on peut interpréter l'égoïsme inné de ceux qui évoluent pour éviter de mourir, s'adapter à l'environnement et continuer à vivre. C'est sans doute un point fondamental du progrès humain. De même que Copernic a éliminé l'homme de l'espace central de l'Univers, Darwin l'a éliminé du centre de la nature, comme un mammifère plus évolué que les autres lorsqu'il atteint un certain niveau de raisonnement. Et Freud, plus tard, a enlevé la conscience en tant que centre de l'être humain vivant. Mais ces trois jalons radicaux montrent peut-être une sorte d'involution, où nous devenons de plus en plus petits en importance, par rapport à tout le reste dans l'image de notre univers, augmentant le relativisme lui-même et, avec lui, justifiant un changement de paradigme, de le début dans le mythe, puis dans les Dieux ou dans le Dieu chrétien omnipotent et omniscient, puis dans l'évolution pour survivre, avec la transformation de l'essence, constante et sans repos, ce qui est clairement en contradiction avec le créationnisme qui cherche à s'échapper par un dessein intelligent et des alternatives de conjonction similaires. Le sociologisme viendra plus tard, où le contrat social ou les conventions gouvernent tout, mais c'est avec la biologie darwinienne que le monisme réductionniste permet à la loi du plus fort de justifier les guerres et le racisme, sans parler du machisme, quelle que soit la force biologique de l'Africain à la peau foncée ou femme contre homme défini par un chromosome Y qui est en fait un X mutilé. L'éthique du gène, l'éthique du gène, a montré l'absence de tout fondement biologique du raciste, mais elle le reste dans tout racisme. De plus, les scientifiques semblent également convenir que l'Univers n'a pas d'objectif, il n'a pas de pourquoi, donc la vie va à nouveau à contre-courant, et l'être humain en particulier poursuit un pourquoi qui n'existe vraiment pas au-delà de l'élan personnel issue de la convention morale qui n'est d'aucune utilité pour le raciste, le machiste, le meurtrier, le violeur, le méchant.

40.

Qu'importe, c'est l'excuse du sujet lâche, du misérable, et c'est une erreur de penser à la nature bienveillante des femmes ou des "races" non blanches appelées à tort. En d'autres termes, une femme qui a du pouvoir est bonne parce qu'elle est une femme, ou une personne noire, ou un homme pauvre, elle est bonne à cause de l'ethnie à laquelle elle appartient ou de la richesse qui lui manque. Absolument. L'essence, même en évolution, et supprime ainsi la définition classique d'elle-même, est comme pour l'être humain, soumise au gène égoïste caractéristique du biologisme toujours présent, égal pour tous. Peu importe le degré de victimisation que vous souhaitez rejoindre chacun des profils pour vous justifier quoi qu'il en soit. Ainsi, au fond de moi, je me justifie contre tout mal subi par l'être humain, même s'il s'adresse à une individualité qui n'a rien fait de mal. Mais le monisme supposé n'évite pas la double perspective de ma pensée, où l'amour, la valeur de l'Humanité et le bonheur mondain et linéairement éternel gagnent en force intérieure et en motivation.

C'est peut-être dans ce contexte et dans aucun autre que surgit une énorme tristesse que je projette vers les autres, voyant la fin irrémédiable et désastreuse de l'espèce et une renaissance de la planète sans présence humaine. Cet humain qui est un virus destructeur qui avilit tout. Qui que ce soit; comme disent les Français, mieux vaut un étranger qu'une connaissance.

Je me souviens d'un garçon d'environ huit ans. Il était avec son père, regardant des films à acheter. Le père désignait l'un ou l'autre et il montrait son intérêt par une phrase ou un sourire, mais en même temps il faisait référence à un autre enfant, qu'il allait rencontrer, et à ses goûts. Je ne sais pas s'il va aimer ça, dit-il. J'ai eu l'impression qu'elle cherchait à lui plaire au-delà de son propre désir, pour qu'à travers les films il l'aime. Ce n'était pas, loin de là, le désespoir, mais c'était le désir d'être bien pour être aimé. C'était ce qui lui importait le plus dans la rencontre présumée entre les deux. Le père lui a dit ce que je lui aurais dit, de chercher le film qu'il aimait, qu'il paraîtrait probablement aussi bien à l'autre, mais qu'au moins cela assurait son propre plaisir. D'une manière ou d'une autre, il transmettait son autonomie, son évitement de la dépendance, et j'avais l'intuition que l'autre, un ami ou un membre de la famille, était une attraction pour l'enfant, il voulait l'aimer, être accepté à tout prix, alors qu'il ne s'amusait pas la même réciprocité, le même intérêt; donc, tous les désirs du petit étaient dirigés vers rien, à la poursuite des ingrats et des indifférents. C'était triste. Pour moi du moins. Même si le scénario s'articulait dans mon esprit comme une simple élucubration. Peut-être qu'ils étaient de grands amis et ce n'était qu'une projection de ma peine envers n'importe quelle personne et n'importe quelle situation. L'état d'esprit lui-même est généralement fondamental pour interpréter ce qui nous entoure, à la fois situationnel et personnel.

Diriger ses propres émotions constitue une grande clé pour la serrure du monde intérieur qui se déploie à l'extérieur. L'enchaînement est irrémédiable, mais le plus important réside dans la capacité de contrôler, et pour cela la connaissance doit servir de médiateur. Il faut être conscient non seulement de ce que l'on ressent, mais aussi de la façon dont le sentiment affecte tout ce qui entoure l'individu, y compris d'où provient spécifiquement le sentiment et comment promouvoir cette origine ou l'éviter.

41.

J'ai décidé de retourner à l'extérieur, mais je suis toujours resté sur le canapé confortable à regarder mon plafond vide. J'ai voulu qu'il soit mon miroir, le reflet d'un esprit détendu, débarrassé de tout souci qui pour cela nécessite d'être débarrassé de toute information si l'on ne sait pas gérer ce que l'on a comme l'eau qui glisse sur la pierre.

Demain ils reviendraient et il ne serait plus seul, il fallait en profiter. La quiétude de ma solitude reliée au plafond était déjà un bienfait. C'est certain. Pensait. Et j'ai pensé aux voisins qui avaient une chienne d'adoption, noire, petite et nerveuse, avec un long museau et des oreilles, aboyant dès qu'elle en avait l'occasion, par peur je suppose, sur la défensive, très agitée et agacée. Courir sur le palier quand ils coïncident à certaines occasions, mais avec la prudence de ne pas trop s'en approcher. J'imaginais qu'elle montait dans l'ascenseur, en proie à sa nervosité, seule, par erreur, avec moi déjà à l'intérieur, et, surtout, que ses propriétaires ne se rendaient pas compte de ce qui s'était passé, pensant que leur animal était dans la maison et personne m'a vu. Portes de l'ascenseur fermées, à la grande surprise de l'animal, hésitant et ne sachant que faire, il s'arrêtait brusquement d'aboyer et sa queue se plaçait tout aussi vite entre ses pattes postérieures, complètement repliées, témoignant d'une anxiété qui atteindrait le la terreur la plus extrême en quelques secondes.

Le conditionnel a disparu par la force de mon imagination. J'étais dans l'ascenseur avec le chien. Conscient de ma présence silencieuse, il ne me regarde même pas, bien que ses sourcils se lèvent alternativement, d'un côté à l'autre, les yeux baissés vers le sol à la recherche d'une issue impossible. Recueilli, intimidé, à une extrémité, dans le coin opposé à la porte. Je remarque comment les quatre membres commencent à trembler jusqu'à ce qu'une petite rivière d'urine arrose l'arrière-train, formant une petite flaque. Son petit esprit ne ressent que la chaleur incompréhensible de l'horreur à propos de quelque chose d'inconnu contre lui, quel qu'il soit. Peut-être qu'il sent un prédateur mortel. La joie est un élixir, surtout quand on imagine que le chien sait que quelque chose se cache. Et voilà, comme butin pour mes sens fous. À ma merci.

Mon cœur a fini par battre extrêmement vite et j'ai mis fin à la rêverie avec un haut degré de frustration; l'inconfort de savoir qu'une telle situation ne se produirait jamais, du moins pas par hasard. Puis je me suis levé, c'était quelques heures pour préparer quelque chose à manger, alors j'ai mis mes chaussures. J'étais déjà habillé. J'ai pris les clés et je suis sorti sur le palier. Par la porte de ma voisine, j'entendis les pattes osseuses du chien s'approcher en courant de la porte de la demeure de ses maîtres. Son aboiement habituel suivit immédiatement. Il n'y avait personne dans l'appartement à part l'animal. Je suis descendu dans l'ascenseur en ré-imaginant sa fuite et en revenant à des sensations agréables, ne serait-ce que pour un instant. Dans la rue, j'ai pris le chemin de la mer, regardant d'où je venais et non l'inverse, comme le font cependant plus de gens que vous ne le pensez, aussi illogique que cela puisse paraître.

Juste des passants sur les trottoirs, le ciel au-dessus de mon corps ensoleillé mais avec très peu de chaleur dans l'environnement. L'accumulation de voitures sur les routes et les portes des parkings dans les immeubles qui, à leur tour, impliquaient des souterrains remplis de véhicules, m'ont rappelé ces films américains où l'on se gare à l'entrée d'un jardin, avec une maison à quatre vents et immense cour arrière, grand sous-sol et plusieurs étages. Pas tant ces gigantesques surfaces résidentielles, où l'on a une longue entrée en ciment et la même possibilité de se garer sur les larges trottoirs qui s'étendent sur vingt mètres ou plus de la façade de chacun son terrain, mais des maisons unifamiliales d'une petite ville, dans lequel vous pouvez même marcher jusqu'au centre en quelques minutes. Arriver et quitter la voiture sans plus tarder serait un plaisir indescriptible à cette minute, bien que je sois également attiré par un lieu de vie qui offre la possibilité même d'avoir besoin de conduire. En fait, je déteste le faire, probablement parce que les conducteurs me dégoûtent, la grande majorité sont des contrevenants indifférents, de nombreux reflets de l'incompétence la plus absolue, des sujets impossibles à imaginer passant un test de la circulation, pas quelques-uns qui sont fiers de manœuvres qui ils savent même qu'ils ont tort ou s'en fichent. Tous impénitents. Je déteste les gens qui parlent au téléphone en ralentissant sans même s'en rendre compte, même si je me souviens maintenant d'une femme qui roulait à 120 km/h avec une main sur le volant pendant une quinzaine de minutes sur l'autoroute, changeant de voie et parlant comme un perroquet tenant l'appareil avec votre droite. Je suis révolté par ceux qui exigent que vous cédiez le passage pour rejoindre une route ou un détour, alors que ce sont eux qui ont marqué le panneau qui les oblige à céder le passage; à celui qui se gare sur le passage ou s'arrête et suppose que vous devez vous attendre pendant qu'il sort des colis ou bavarde un long au revoir avec ceux qui sont descendus du véhicule. Et je déteste ceux qui manœuvrent sans l'indiquer avec le bon intermittent, bien que je sois peut-être encore plus repoussé par ces sujets qui activent l'intermittence alors que la manœuvre dont ils auraient dû avertir au préalable est déjà effectuée ou en cours d'exécution et donc un tel le signal lumineux ne sert à rien, sauf à l'interpréter comme une sorte de moquerie. Je les détruirais tous, mais avec la voiture impliquée dans leurs actions ou omissions, peut-être me contenterais-je de la destruction de l'engin, total sinistre. J'imagine être au volant d'un énorme camion délabré, avec une poutre en fer pour pare-chocs avant, et casser des portes, des côtés et tout ce que c'était au moment de son infraction.

Je marchais entre mes pensées et les murs de béton érigés partout, avec des centaines de fenêtres et de balcons, fermés, ouverts, de verre et de bois, de métal et de volets en plastique, avec ou sans pots de fleurs rouges, blanches et jaunes. Des langues de trottoir et d'asphalte, des tonnes de dalles sur ciment inondent les terrains ouverts en petits carrés de vie pour la croissance des arbres qui couvrent le ciel urbain des rues s'élevant de verts clairs et foncés. Garde-corps métalliques et corbeilles en fer peintes en noir, bancs en pierre ou en lattes de bois épaisses, généralement peintes et grattées, comme des portes de garage et des morceaux de façade gribouillés par des graffeurs nuisibles indifférents à ce qui est étranger. Des mégots partout, des restes de bonbons et des petits papiers froissés jonchent le sol partout, peu importe qu'il y ait des poubelles et des poubelles juste à côté car les gens ne s'en aperçoivent pas en distribuant généreusement leur merde. Une attaque constante contre tout et tous qui touche l'agresseur lui-même, qui ne s'en rend même pas compte ou ne veut pas le faire.

L'ignorance superlative, délibérée en plus d'occasions qu'on ne pourrait l'imaginer, règne armée d'entropie. L'ordre simulé dans les épiceries et les magasins d'électroménager qui s'étalent de part et d'autre, entre les portails du logement, montre de multiples illusions de réalisation incertaine, celles de ces entrepreneurs qui préparent un business plan, sollicitent des prêts et allouent leur épargne ou celles des autres, parents et proches, leur temps et leur vie, dans l'espoir de gagner plus d'argent qu'ils ne pourraient en gagner en tant qu'employés s'ils réussissaient un jour à être de dignes employés. Dans la grande majorité des cas, ce n'est pas le cas, puisque le temps passé et non facturé pour bien travailler peut dépasser toute logique d'investissement. Devenus esclaves d'eux-mêmes, ou de plus en plus endettés, ils font face consciemment ou inconsciemment au ou aux salariés, s'il y en a, qui à leur tour se considèrent exploités, avec leurs horaires fermés et sans soucis intrinsèques de l'entreprise. Mais les misères de l'employeur ne manquent pas non plus, grattant quelques euros en versant une partie du salaire de leur employé en noir, imposant des horaires étranges ou des avantages sociaux insuffisants, exigeant ou traitement personnel inutile. Percevoir son salaire sans le déclarer reste un avantage immédiat pour le salarié, qui peut porter plainte ultérieurement s'il subit une succession d'entreprise dans laquelle il ne peut prétendre au respect des versements au noir mais pendant qu'il les perçoit il supprime les impôts, et tout ça La marge volée du trésor public devient net pour lui, de la même manière que la minimisation des cotisations au service public de son propre avenir favorise le moment présent, puisqu'on facture plus, alors qu'au moment de la retraite ce qui est cité sera beaucoup moins qu'il auraient pu l'être, puis se plaignent des différences avec les autres retraités qui recevaient moins chaque mois parce qu'ils contribuaient davantage à leur avenir. Actuellement, ceux qui ne travaillent plus ou ne cotisent plus du tout au passé, mais à ce qu'ils voient comme une inégalité injuste par rapport à ceux qui pendant des années et contrairement à eux ont plus cotisé, car ils n'ont rien reçu sans le déclarer au Trésor.

Loin est la théorie des manuels d'éthique et de morale, et toujours plus proche le désir de punir, vengeance générique comme source de satisfaction, contre celui qui jette la cellophane du paquet de cigarettes, l'emballage de chewing-gum par terre, le pelures des tuyaux qu'il consomme, celui qui ne ramasse pas les excréments de son chien ou le laisse uriner dans les poubelles, les lampadaires et les façades, celui qui mélange plastiques et verre, celui qui ne paie pas d'impôts, celui qui paie et collectionne l'économie submergée, le professionnel qui ne fait pas payer la TVA, le policier qui ferme les yeux, celui qui brûle un feu rouge parce que personne ne traverse, le cycliste rapide qui surveille la circulation et non les feux de signalisation qu'il doit aussi respecter , ou qui ne s'arrête pas en circulant sur le trottoir ou avec des piétons à moins d'un mètre partout, ou traverse des passages piétons à vélo, le fumeur parce qu'il fume, celui qui dévisage celui qui passe, celui qui se plaint, celui qui se sent malheureux, celui qui ca heureux le mien, celui qui vole, celui qui insulte, celui qui tue, celui qui viole, celui qui respire et celui qui tousse, celui qui regarde et celui qui parle.

Nous avons tous besoin de voir l'origine de la punition chez l'autre, et bien plus encore pour y parvenir efficacement. Et nous devons tous être punis. Pour ce que nous faisons et pour ce que nous ne faisons pas, pour ce que nous aurions dû faire et même pour ce que nous pensons.

42.

Il atteignait la côte. Les trous d'air étaient espacés et l'air semblait l'être aussi, mais ça ne sentait pas différent. La pollution était la même, typique d'une atmosphère oppressante qui aveugle la nuit la vision des étoiles dans le ciel. J'ai traversé lentement l'autoroute à quatre voies qui fait le tour de la ville, marchant sur la surface bâtie au-dessus, avec de l'herbe des deux côtés, des arbres et des structures de jeu tubulaires avec des balançoires et des toboggans vides. Je voyais déjà la silhouette bleue, puis le sable qui, tel un témoin muet depuis des années, des décennies ou des siècles, effectivement réduit au silence depuis sa création, recevait irrémédiablement les flots incessants, qui se parlaient en se brisant encore et encore dans un infini cycle, devant cette plage muette et impassible, résignée à l'eau qui la mouillait sans relâche, au salpêtre qui sortait du liquide de la mer, au soleil et au vent, à la pluie aussi. J'ai pu marcher dessus comme des millions de personnes avant moi, en marchant prudemment et en m'asseyant prudemment à plusieurs mètres du rivage. Personne n'était sur la plage, quelques individus se promenaient le long de la promenade adjacente, deux ou trois courant en tenue de sport, personne dans la mer, pas un bateau en surface, pas une personne sur les brise-lames artificiels de rochers manquants, déposés là avec des grues pour ne plus jamais bouger. En arrière-plan l'horizon clair.

J'ai remarqué comment une jeune femme séduisante, aux courbes prononcées silhouettée par une jupe blanche mi-cuisse et un chemisier baggy rose bonbon, tendit la main droite et haleta, réalisant que son ami ou partenaire s'était arrêté quelques instants. derrière. Je me suis souvenu qu'une fois, en regardant des livres dans un magasin, j'ai remarqué une main sur ma fesse gauche, une douce caresse de bas en haut, et alors que je me retournais lentement, un comportement extérieur qui m'a vraiment surpris, car au fond de moi J'ai été surpris, c'était une coïncidence dans le regard d'une jeune femme séduisante qui m'a regardé avec tout naturel et affection, pour rougir immédiatement autour de ses grands yeux chauds et balbutier une excuse presque inaudible. Il avait été pris pour une personne en regardant des livres comme moi. Votre ami ou partenaire était à plusieurs mètres. Je ne sais pas si je lui expliquerais ou non. Elle le rejoignit et ils furent hors de vue. De mon point de vue, il me connaissait très peu, partant comme ça, sans plus tarder. Je pense que j'ai répondu quelque chose comme "ça n'a pas d'importance" et c'était tout, sauf une sensation de plaisir authentique, sexuel, voire ponctuel et momentané. En ce moment, je pense à ce qui se serait passé si j'avais été celui qui avait touché par erreur le cul d'une femme en regardant des livres dans un magasin. Je doute fort que cela aurait été résolu comme mon exemple a été résolu, il aurait même été possible de porter plainte pour abus sexuel et de se retrouver sur le banc des accusés face à des demandes d'emprisonnement et d'indemnisation pour préjudice moral de plusieurs milliers d'euros. Le machisme n'est pas seulement préjudiciable aux femmes, semble-t-il, ce qui finit par brouiller conceptuellement sa prétention critique de naissance. Ou non. Maintenant, j'imagine le regard critique de n'importe qui, préjugeant de mon action si j'avais été le seul à jouer de cette façon et voulant gâcher ma vie pour cela.

Une fois, dans le métro, à cause du mouvement des conducteurs plus que souvent négligents entre les mains desquels nous place le système de transport métropolitain, une jeune femme luxuriante à la chair foncée est tombée sur mes genoux, comme ça. J'ai remarqué ses fesses en détail, et quand elle s'est relevée rapidement, je ne sais pas si elle s'excusait ou juste gênée, je lui ai fait remarquer avec un bref et résolu "c'est un plaisir", tandis que la voiture continuait à tanguer. Les employés du métro en général sont déconnectés du ticket, comme ceux des guichets, qui ne vendent plus guère de tickets en raison de l'utilisation généralisée de cartes qui s'achètent également dans des automates. Et je pense qu'ils ont un plus pour travailler sous terre, et un accord qui leur permet de prendre leur retraite à cent pour cent lorsqu'ils atteignent soixante ans, plus de douze ans avant ce qui va m'arriver. Mais les chauffeurs sont les pires. Commençant par ne pas respecter les règles qui régissent leur service, en activant le signal acoustique qui interdit d'entrer et de sortir des wagons alors que les portes viennent de s'ouvrir et qu'il y a encore des gens qui sortent de l'intérieur, il semble qu'ils transportent du bétail ou des marchandises , inconscients des individus qui, ainsi, deviennent de simples colis et dont ils sont responsables, une indifférence qu'ils manifestent également lorsqu'ils engagent la conversation avec d'autres collaborateurs qui entrent et sortent du cockpit pour ne pas être transportés avec le marchandise. Ils sont d'un autre niveau. Inutile de dire quand ils discutent joyeusement avec les employés du même métro qui sont sur le quai. Cela peut être une question de secondes, dix ou vingt, mais cela prend une éternité quand il y a affluence et que l'on voit les portes ouvertes des voitures, et des centaines de passagers silencieux et résignés, comme toujours. Sinon, et à l'exception du feu rouge qui peut les paralyser dans une gare, leur vie est d'ouvrir et de fermer les portes aussi vite qu'ils le peuvent et d'avancer avec des démarrages et des arrêts brusques. Bref, tout ce qui sert à assimiler le métro à un wagon de la sorcière la plus jetée dans une attraction foraine de la ville. Il montait dans le taxi et punissait le chauffeur pour une telle indifférence. Et qu'il savait pourquoi.

Maintenant, je me souviens d'un court voyage en chemin de fer, sur le chemin, j'avais halluciné un gars assis devant moi, d'âge moyen, qui se curait le nez avec une délectation inhabituelle. Devant tout le monde, une et une autre narine ont été percées jusqu'au fond. Il semblait inconscient au public, et introduisait avec force son index, d'un côté et de l'autre, je n'arrivais pas à y croire. Pour finir, il regarda son doigt, heureusement qu'il n'y avait aucun reste de morveux d'aucune sorte, mais il aurait dû le mettre dans sa bouche. J'avais un énorme désir de l'appeler un porc et de lui ordonner de garder ses passe-temps privés. Sur le chemin du retour, je lisais et, de manière inattendue, j'ai levé les yeux pour trouver une jeune fille qui me regardait. Elle est devenue tout de suite très rouge, et pour alléger son malaise je lui ai demandé si elle regardait ma cravate. Il a dit oui, puis je lui ai demandé s'il aimait ça, puis il m'a dit non. À ce moment-là, j'aurais pu lui dire que je n'avais pas non plus, même l'enlever, la cravate. La conversation aurait pu continuer avec de meilleurs résultats, nous aurions pu nous rencontrer, qui sait, ce n'était pas moche. Mais je n'ai rien fait de tel, au lieu de cela, je lui ai expliqué que je ne sais pas ce que sont les regards, à quel point ils sont dangereux en prison, par exemple, en faisant rapidement le lien avec le comportement animal, les études sur les gorilles et d'autres subtilités de conversation. Mon propre ton a changé comme pour lui dire que me regarder était mal. En fait, je me sentais mal parce qu'après l'avoir surprise en train de me regarder, elle n'était pas plus ouverte ou amicale, alors j'ai raté un début spontané qui aurait pu être lié à elle. Ses rougeurs avaient déjà disparu, ainsi que son manque ou difficulté de contenance initiale. Il a hoché la tête après m'avoir demandé rhétoriquement si tout cela était vrai, ce qui a en fait généré mon extension aux gorilles. Et là la conversation s'est terminée de ma part, sans encourager une réponse en elle, retournant mes yeux sur la lecture et sans me souvenir maintenant si je lui ai dit au revoir d'une quelconque manière quand nous sommes arrivés à destination. Je ne crois pas.

Je me demande quelle est la distance entre la maladie, liée à la démoralisation comme l'incapacité ou mieux l'inexistence du cerveau moral, et le mal, comme la volonté de faire l'immoral, comme la règle conventionnelle insatisfaite, autrefois solidement bâtie sur une éthique de la vie. Dans le second se trouve la responsabilité, pas seulement pénale; dans le premier, il n'y a pas de place pour la punition sociale, puisqu'il ne s'agirait pas simplement d'un acte humain volontaire. En ce sens, le cas de Phineas Cage est bien connu, qui, après un accident appelé à le tuer, a survécu après avoir perdu une bonne partie de son cerveau à cause de la perforation d'une barre de fer à travers le crâne, changeant à jamais sa façon d'être pendant les trente-cinq ans qu'il vécut environ. De nombreux scientifiques s'appuient sur cet exemple pour développer leurs thèses ou les introduire. Je me souviens du livre du Portugais Antonio R. Damasio, qui pensait que Descartes se trompait dans la maxime "Je pense, donc je suis", car le corps vient en premier, en particulier le cerveau, sans lequel on ne peut pas penser. A partir de là, il développe l'hypothèse du marqueur somatique et comment le corps et l'esprit ne font qu'un, sans pouvoir se scinder dans les actions de l'être humain.

Et si tout cela n'était que du matérialisme éliminatoire? Comme si les désirs et les émotions s'identifiaient à la psychologie populaire au-delà de l'existence, au-delà de l'être, où le corps et la nature l'emportaient sur la règle de Ricœur, et où la pensée jaillissait du cerveau comme la bile de la vésicule biliaire. . Est-ce que je cherche des justifications? Je ne suis pas Phineas et mon cerveau n'a subi aucun traumatisme, je suis l'homme neural par excellence. Ou peut-être que je ne sais pas et que certains de mes liens neuronaux sont dégradés ou autre. Comment pouvais-je savoir? J'ai de l'empathie, je pense, et tout ce qui est censé faire partie de ce que l'expérience morale permet est évident dans ma conscience de soi, donc je serais en marge du sujet responsable, pas dans le monde du patient. De plus, une autre caractéristique qui lui est propre est la maîtrise de la violence qui brûle en moi, et les freins inhibiteurs fonctionnent parfaitement. Sinon, je tuerais des chauffeurs de métro, au moins deux par jour, sur le chemin du travail. Peut-être que je déciderais de ne pas m'arrêter, je déciderais, volontairement et clairement, de déchaîner la violence que je sens grandir en moi à l'idée de certains scénarios relationnels. Les supports neuronaux de la raison fonctionnent donc bien, et je pense qu'ils pourront cibler la mort de l'autre, bien que jusqu'à présent ils se soient limités à de petits animaux de compagnie sans défense.

Mais c'est dans l'absence de défense de l'adversaire et mon contrôle absolu sur lui que réside mon désir le plus intime, pas dans la mort. Ou peut-être n'atteins-je pas la perception de Thanatos dans l'autre, comme sublimation de l'impuissance voulue de l'altérité. Dans le paradigme psychodynamique freudien, la pulsion de mort se traduit par l'agressivité envers les autres ou envers soi-même, la destruction, sans oublier que la libido est liée à ce qui précède puisque la pulsion de vie ou Eros forme le noyau de l'énergie vitale et de la vie mentale en général. Les deux pulsions semblent opposées en théorie mais deviennent intrinsèquement liées, bien que le principe de plaisir guide Eros et que le principe de dissolution typique du Nirvana soit l'horizon de Thanatos, le dieu jumeau d'Hypnos, divinité du sommeil, prenant plaisir non pas à résoudre les conflits mais à trouver le plaisir de revenir à rien, de réduire et d'éliminer l'excitation. L'union et la désunion qui interagissent pourtant comme des pôles opposés. À la fois nécessaire et pour la survie. C'est la pulsion de mort, par exemple, qui permet de ne pas s'identifier psychiquement aux objets tout en conservant l'individualité, même si elle se rattache aussi inévitablement à la culpabilité, alors que son reflet de repos et de retour à une situation de base est toujours ce qui se passe quand l'orgasme est atteint par la pulsion de vie, le point culminant de la décharge pour la satisfaction sexuelle et érotique. En effet, J. Lacan a étudié comment la vengeance ou le sadisme, souffrance en général, de soi ou d'autrui, peuvent apporter satisfaction malgré le déplaisir qu'ils éclairent en principe, d'où la pulsion de mort nouée à la jouissance, à ce principe directeur de plaisir de la pulsion de vie.

43.

J'ai un rêve récurrent. Je suis dans une école, maintenant pour personnes âgées, jeunes adultes, comme dernière étape de formation pour trouver un bon travail. Les examens finaux approchent et il y a beaucoup de matières que je n'ai pas revues, dont, en réfléchissant, je ne sais absolument rien. Je pense que je serai capable d'étudier suffisamment dans la plupart des cas, le moment venu, quelques jours avant, mais dans quelques sujets, précisément ceux que je révise selon ma mémoire dans ce rêve, je ne me souviens presque de rien, et cela génère une angoisse de plus en plus forte face à un échec imminent. La peur totale me submerge lorsque je constate que ma mémoire des critiques est presque nulle. Je souffre de petites variations de ce rêve, mais elles tournent toujours autour de la fuite de la sécurité, de l'inquiétude écrasante d'un futur où tous les efforts pour atteindre un certain point existentiel sombrent sans remède. Je ne sais rien, et on n'a plus le temps de corriger le je ne sais quelle imprévoyance il y a eu. Quand j'étais petit, à certaines occasions je rêvais d'être en retard pour le début des cours. En réalité, il s'agissait d'arriver à l'heure à la cour de récréation, qui ouvrait ses grilles métalliques peu avant neuf heures du matin, les fermant presque toujours sur le coup presque sans recours, devenant une enceinte peu enviable à une prison imprenable. Dans mon désespoir, je descendis en courant, mais je m'aperçus qu'il me manquait mes chaussures, ou un vêtement, ou surtout des livres et des fournitures scolaires, que je pris à la hâte en revenant le faire. Le temps a passé, et j'ai continué à ramasser et à ramasser des choses et d'autres choses à venir avec moi, à revenir. A chaque fois c'était plus pénible de pouvoir arriver et à chaque fois j'allais arriver encore plus tard car je n'arrêtais pas de faire le nécessaire pour mon petit voyage. À la fin, je me réveillais, très nerveux, mais ça passait vite. J'ai fait ce rêve enfant et aussi adolescent, je pense, mais surtout maintenant.

Je me réveille en réalisant que je n'ai plus besoin d'étudier. C'est un peu dur pour moi, ce n'est pas immédiat, mais je me calme quand je pense que j'ai déjà passé tous les tests. Complètement terminé en cours d'examens et de contrôles supplémentaires. Le sentiment n'en est pas moins perturbant, l'agitation persiste assez longtemps et est très négative. Ce n'est pas une attente souhaitée, bien sûr, mais de ne pas savoir quoi faire. D'un jalon sans retour en arrière. La satisfaction de réaliser la réalité n'est vécue qu'un instant, mais elle n'apaise pas l'inconfort de cet autre sentiment négatif qui se transforme, même pour un court instant, en quelque chose de physique, en une émotion vive, qui pénètre impitoyablement et déséquilibre.

Je ressens l'angoisse quand j'avais environ dix ans quand j'étais assis à une table dans le bar en face de chez moi. Étant du quartier, il semble que nous pourrions simplement nous asseoir, sans rien prendre. J'étais accompagné autour de la même table par plusieurs amis du but d'à côté, mais aussi un garçon un peu plus âgé, qui avait deux frères, un plus jeune que moi, avec qui je n'avais pas beaucoup de relations non plus, même s'il rejoignait parfois le groupe à jouer. Cet homme plus âgé était un tyran, et il voulait que je parte, je ne sais pas pourquoi. Il me l'a dit et je n'ai pas accepté, sans répondre. Je l'ai chassé hors de vue, l'ignorant, puis il a commencé à cracher sur moi. Il n'a pas semblé vouloir me frapper mais m'a fait peur, et son crachat a touché deux fois à proximité, sur le dossier d'une chaise inoccupée à ma droite. Je ne sais pas ce qui se serait passé s'il m'avait craché dessus, mais je n'ai pas bougé, je ne pouvais pas partir en reconnaissant ma lâcheté comme ça. J'avais peur mais je devais rester là pour ne pas avoir l'air d'un lâche. En fait, en ne partant pas, je pense avoir montré que je ne l'étais pas, parce que j'avais peur. Je ne sais qui m'a appelé, à plus de trente mètres, près de la porte de ma maison, peut-être ma mère ou mon père. Et j'ai imaginé qu'ils avaient vu la scène et c'est pour ça qu'ils voulaient me sortir de là. Ou une situation étrange qu'ils ont ressentie. Naturellement, j'en ai profité pour partir, comme un bon fils obéissant. Si ça avait été mon frère, les choses auraient été très moche pour le tyran qui crache, mais il n'était pas là pour me défendre. Il était laid, débraillé et un peu gros, je l'ai longtemps détesté à mort.

Dans ce même endroit, un peu plus près de la façade, je me souviens qu'étant un peu plus âgé j'ai confronté un camarade de classe qui habitait là, un frère jumeau du même âge que moi, il était brun et son frère blond, qui soit dit en passant mort dans la vingtaine je ne sais quoi. Peut-être à cause d'une tumeur sur son front. Depuis qu'il était enfant, il montrait une protubérance prononcée entre les sourcils, mais elle y est toujours restée. Je ne me souviens pas non plus de la raison de la dispute, mais je me souviens de ma détermination, face à face, après avoir reçu un impact sur le cou ou l'épaule de sa main ouverte. Je suis resté là, offensif, et qu'avant lui je me considérais physiquement inférieur. A cette occasion, il ne s'agissait pas d'être courageux sans être courageux, car il n'y avait pas de public, à moins que je ne sois intéressé. Ou de le lui prouver ou de me le prouver. J'étais conscient, ou du moins le croyais-je à l'époque, que dans une mêlée je serais vaincu, mais j'ai tenu bon juste parce que, jusqu'à ce qu'une fille, plus âgée que nous, s'approche, gênée et quelque peu indignée de nous voir confrontés. Peut-être nous connaissait-il du quartier, de vue, ou de cette même rue, ou il le connaissait. Il s'est un peu fâché avec nous pour ce que nous faisions, il nous a même grondés. Et bien sûr, cela nous a séparés. Chacun a suivi son chemin et maintenant je ne sais pas si notre colère a duré longtemps. Il y avait une distance, nous nous sommes reparlé, mais nous n'avions pas non plus été de grands camarades de jeu, malgré la proximité de nos maisons et la fréquentation du cours de catéchisme avant la première communion ensemble. Je ne me sentais pas particulièrement mal dans ma peau, contrairement à ce que j'ai subi avec celui qui crachait avec ses cheveux noirs, raides et d'aspect gras, alourdi par des kilos de mal gratuit, générant des sentiments de dégoût et de vengeance que j'espère supporteront fruit contre lui à tout moment sous l'angle de la vie prévisible qui l'attendait. C'était un garçon très peu attirant qui était toujours le même ou pire quand des années plus tard, il a gardé son emploi dans ce quartier de banlieue, ayant déjà quitté un endroit si marginalisé à cette époque, et qui est actuellement dans une situation pire.

Le propriétaire du bar juste à côté de la porte d'entrée de la maison, celui qui avait une entrée par mon propre portail, a fini par le vendre à celui avec les chaises vides où l'imbécile voulait me mettre dehors avec sa salive, et le fils du propriétaire de ce premier bar vendu ensuite, un peu plus âgé que moi, je crois qu'il m'a affronté une fois, à propos d'une balle en plastique avec laquelle je jouais devant la façade, sous le balcon de la maison. La vérité est que je ne sais pas vraiment ce qui aurait pu se passer. Nous n'en sommes pas venus aux mains mais je me souviens bien qu'il s'est moqué de moi et qu'à une occasion, distrait sur le trottoir, son père a klaxonné alors que la voiture était garée avec son fils à côté de lui, assis dans le passager siège. Apparemment, ils partaient déjà après la fermeture de leurs locaux. J'ai dû sursauter ou sursauter sensiblement, regardant vers la source du bruit, voyant comment ils se moquaient tous les deux de ma réaction. Ils se sont moqués de moi, en tout cas. Je me sentais humilié pour rien et les détestais tous les deux, bien qu'avec leur père je n'aie eu aucun type de conflit ; De plus, à plusieurs reprises, il m'a rendu le ballon en se faufilant sur le toit de son bar. Je ne pourrais jamais me venger, ni du fils ni des rires de ce père qui a dû recevoir de lui des histoires sur moi. Je voulais le punir brièvement, peut-être légèrement.

Je n'oublie jamais, mais mon désir de vengeance ne dure généralement pas longtemps. Heureusement ceux du bar sont partis et je ne les ai jamais revus. Devant son établissement, il y avait une structure de barres tubulaires installées pour placer des auvents qui, lorsqu'ils étaient ramassés, servaient à nous pendre comme des singes, en saisissant les pièces horizontales, à un peu plus de deux mètres du sol, en essayant de grimper ou de faire un poirier.

44.

Le plafond bleu ciel s'était assombri, juste un peu. Enveloppé dans ces pensées, je me sentais comme le ciel sans soleil ni nuages blancs, malheureux à la manière d'un gris de plomb, injustement outré d'être injuste ce que j'ai subi, sans sens ni raison, et d'être injuste qu'aucun de tous ces protagonistes de mes malheurs, même à temps, où je n'inclus pas le frère jumeau aux cheveux noirs, il serait puni pour ce qu'il m'a fait. Je suis rentré chez moi d'un pas très lent et d'une pensée effervescente.

Je me suis souvenu de l'effet miraculeux de la posture pour affronter les émotions négatives, commencer par une marche droite, la tête haute, le regard droit devant. Peut-être que les militaires connaissent bien ce genre de choses et c'est pourquoi c'est ainsi qu'ils paradent.

C'est la soi-disant pensée corporelle. De l'anglais littéral, ce serait la cognition incarnée, qui s'explique par la relation entre la position de notre corps et la façon dont nous interprétons et ressentons les émotions. En supprimant le dégoût en tant qu'émotion, ou mieux en l'incluant dans la rage, il y en a quatre avec elle, ainsi que la joie, la tristesse et la peur. L'heureux est lié au mouvement ascendant, tandis que la direction du mouvement inverse n'est pas haute mais descend, c'est triste, étant coulé. Le mouvement vers l'arrière et le mouvement vers l'avant montrent la posture de la peur et de l'agressivité, qui n'est pas violente mais qui va de l'avant, pas en vain vient du terme latin original. Des auteurs spécialisés en la matière soulignent que debout vous pourrez choisir des idées positives alors que penché dessus ce sera l'inverse: les idées négatives vous viendront facilement. Les choses comme.

Mais il m'arrive souvent qu'à l'arrière-plan je me sente à l'aise, je recherche et entretienne des humeurs moroses pour penser et ressentir dans un contexte fatidique, et c'était le cas à cette époque.

J'ai regardé autour de moi et j'ai observé les gens. Je pensais que tout le monde cachait de mauvaises actions. D'une manière ou d'une autre, il avait fait quelque chose de mal et s'en était tiré. De cette manière, j'ai conclu que quiconque mériterait une punition s'il pouvait la lui infliger, bien que je ne sache pas quel niveau de criminalité lui attribuer. Qu'il s'agisse d'enfreindre des règles de circulation mineures ou de jeter des emballages de bonbons par terre, d'abuser d'un mineur ou de tuer quelqu'un, un vaste monde de punitions et de sanctions s'étend et se ramifie.

Il y a cinq jours à peine, en soulevant des poids sur un banc incliné pendant ma routine sportive, en écoutant une conférence sans intérêt sur l'économie, appelée le bien commun, par un certain Christian Felber, j'ai pensé à ma mort et au fait que rien n'existe après la mort. Pas pour lui, bien sûr, mais pas autour de lui de son propre point de vue, désormais inexistant non plus. Un profond chagrin centré dans mon estomac alors que je concevais qu'aucun de mes parents les plus chers, décédé ou sur le point de mourir, ne pouvait être quelque chose plus tard, et que, quand je mourrais, je perdrais non seulement ma vie, mais toute conscience de l'existence, de la réalité, de la mémoire, de ce qui a été vécu. Il n'y avait pas d'avenir et le présent semblait extrêmement court. Même si c'était cent ans, savoir qu'après plus rien n'existe montre une finitude incompatible avec la conscience de ma propre réalité, avec la pensée de moi-même. J'existe, je suis une entité, je m'entends et m'interprète comme une identité singulière, la mienne, je ne peux pas me séparer de moi-même, que le monde entier et la vie ont un sens avec moi en eux, et que sans moi rien ne vaut. Parce que même si la viabilité de la planète Terre et de l'Humanité est maintenue au-delà des cinq milliards d'années qu'ils ont calculés manquent pour l'extinction du soleil, une petite étoile dans cet univers qui réchauffe et favorise la vie, moi et tous les miens ne sont-ils pas n'aurait laissé aucune trace, donc sans l'éternité divine à leur disposition, disparaître complètement, c'est perdre plus que tout. Je n'atteins pas toujours le contenu authentique de la non-existence dans mon esprit, mais quand j'y arrive, c'est terrifiant; je suis envahi par une angoisse radicale qui, heureusement, ne dure pas longtemps, je suppose en raison des mécanismes de défense et de mes années d'amélioration des techniques cognitives pour contrôler les peurs irrationnelles. Certes, ce contact avec l'essence de l'idée de l'inexistant est généralement éphémère. Cependant, l'autre jour, cela a duré assez longtemps, peut-être quelques minutes, mais c'était plus que suffisant. C'est peut-être pour cette raison que j'ai pu m'allonger dans le manque d'amour qu'il générait, et pour la première fois de ma vie la peur, disons conceptuelle, déjà accommodée, est devenue une peur de plus en plus intense, puis la panique, une terreur incommensurable qui transcendait le chagrin de moi-même, mon apitoiement sur moi-même et celui que méritaient ceux que j'avais aimés, déjà dans cette position d'abandon, mes propres souvenirs de leur vie leur étant absolument inutiles. Ils n'existaient pas. Tout s'enchaînait dans un désespoir vrai et insoutenable. Et j'ai pleuré amèrement, j'ai pleuré comme je n'avais jamais pleuré auparavant. Ce fut une expérience de très courte durée, peut-être explicable car trop intense. Mon esprit a involontairement quitté cette impasse. Des élans de foi sont apparus du coin de l'œil, la tentation de se tourner vers une religion qui m'accueillerait, qui m'expliquerait, qui répondrait avec suffisance, mais il n'a pas fallu longtemps pour que ce type d'idées s'estompe, et je voulais vraiment pouvoir croire.

Parfois je m'interroge sur l'avant, car ce n'est qu'à la naissance qu'on existe, et même après cela, il faut des années pour prendre conscience de cette existence. Le fait est que l'inexistence en chacun de nous était incontestable sans nous, on pourrait dire que depuis l'éternité, ou le commencement des temps, du moins sans conscience singulière de quoi que ce soit. Cet espace de temps, humainement infini, ne comptait pas sur moi car il n'était pas là, il n'existait tout simplement pas. Mais les sensations négatives ne sont généralement pas générées à propos du passé, cela n'arrive que par rapport à un futur sans moi.

Le souvenir de mes cris pathétiques d'il y a quelques jours ne m'avait pas beaucoup rapproché de la peur existentielle, mais y jeter un coup d'œil avait aggravé mon chagrin. Une femme d'âge moyen a croisé devant moi, je suis allé vers la droite pour ne pas la heurter en passant à côté d'elle, mais j'ai remarqué son regard et l'accélération de son pas. Était-il possible que le même pilote par défaut principal anormal ne puisse pas résister à me devancer? Effectivement, avec un effort et son regard de côté, il s'est approché de ma position, quelques mètres devant. Puis j'ai changé de direction, accélérant le rythme et l'emplacement, à quel point, naturellement, la femme s'est désintéressée de sa destination et a continué à marcher en diagonale, au point de presque entrer en collision, comme je l'avais prévu, si ce n'était du fait que J'accélérai brusquement et m'avançai de quatre pas devant elle pour me placer un mètre devant elle, à sa droite, ce qui, je l'imaginai, lui donna un coup de pied. Un spectateur innocent aurait été témoin d'une scène qui n'était pas comique mais plutôt ridicule.

Il y a de nombreuses années, alors que je travaillais à l'extérieur de Barcelone, en montant des escaliers à la gare, j'ai essayé de dépasser une femme qui montait lentement presque centrée sur elle. Sentant ma progression, en fait en courant, il s'est ostensiblement déplacé vers sa droite au point de me projeter contre le mur, non sans signaler en même temps, et avec une certaine pointe d'indignation, qu'«il avance à gauche». J'ai répondu quelque chose lié au fait que nous n'étions sur aucune route au volant d'aucun véhicule, mais la surprise de son attaque a dilué toute agressivité à son encontre, et à cette dernière occasion j'étais complètement indifférent au comportement stupide du passant impatient ou comment il peut être décrit. C'était beaucoup plus pertinent pour moi, car c'était vraiment énervant et inadmissible, la jeune femme qui, demandant le passage dans le wagon de métro, est entrée avec une énorme valise et un scooter électrique jusqu'à l'espace réservé aux poussettes, du fait de sa détermination dans l'avancée, elle a jeté de là aux deux personnes qui, debout mais allongées sur une base latérale ondulée, étaient occupées à lire un livre et à vérifier leurs téléphones portables. Elle s'y installa confortablement, et quelques arrêts plus tard, elle a observé avec désinvolture une femme voilée, âgée d'au moins quarante ans, qui, après avoir accédé à la plate-forme au milieu d'un tourbillon de personnes, avait clairement du mal à rester immobile avec une poussette avec un utilisateur à l'intérieur. J'ai toujours pensé que, dans ce type de cas, la femme voilée faisait partie du type de personne qui devrait exiger que les autres se conforment aux normes qui la favorisent, comme lorsque les personnes âgées se taisent devant quatre jeunes qui regardent le sol -ou normalement aux appareils mobiles qui les enlèvent irrémédiablement- avec leurs quatre culs collés aux sièges réservés à ceux-là et à d'autres privilégiés. Comme si rien n'était avec eux. Me levant pour sortir de la voiture, je la dévisageai, et par deux fois l'étiquette à sa gauche qui marquait l'espace comme réservé, justement, aux poussettes, pas à ceux qui, en fait, pouvaient même mettre de grosses valises sur le métro Du moins pas dans ce fuseau horaire. Elle soutint son regard et, bien sûr, ne voulut pas saisir l'allusion. S'il avait pu, il l'aurait violemment frappée et aurait ressenti un énorme plaisir. En fait j'aurais pu, mais ils m'auraient attrapé. Il aurait fait justice et vengeance en même temps. La mienne, naturellement, et la première avec la disproportion qui n'existe jamais avec la seconde. Je suppose que j'étais plus intelligent que lâche. Peut-être aurait-il pu la suivre sans attirer l'attention et trouver un espace et un moment propices pour la détruire à volonté.

45.

Je voyais déjà l'entrée de ma maison, à moins de cent mètres, et qu'un voisin s'apprêtait à entrer. C'était celle du dernier étage, mariée à l'un des plus grands imprésentables dont je me souvienne dans une communauté de propriétaires.

Le gars, petit, était gros. Pas grand-chose, juste assez pour être physiquement désagréable, d'autant plus que les vêtements ne lui allaient pas bien, un peu serrés depuis qu'il était maigre. Il arrêtait souvent de se raser pendant des jours d'affilée, taillant même sa barbe poivre et sel, comme si c'était à la mode, mais cela avait l'air horrible sous ses joues potelées et rouges. Sa carrure physique le faisait paraître bourré, gonflée dans une certaine mesure, mais lorsqu'il enfilait un short et un t-shirt en lycra pour courir, il réagissait à l'image d'une bouteille de dentifrice pressée. La femme était sensiblement plus grande que lui, ce qui lui permettait de répartir un poids non négligeable sans paraître obèse. Elle portait beaucoup de maquillage et allait probablement régulièrement chez le coiffeur, et chez la pédicure et la manucure. Ils ont été impliqués dans diverses entreprises, plus ruineuses que prospères, avec un véhicule haut de gamme en location et de nombreuses dettes après avoir acheté l'appartement d'occasion où ils vivaient désormais. L'impression qu'ils offraient était de triomphe et de supériorité, mais la tentative d'obtenir des profits aux dépens de la communauté était constante, même pour des bagatelles de quelques euros, comme la réparation d'un appareil de leur propre chaîne câblée. Avec toute l'audace il a défendu le dentifrice ambulant qui coûterait plus cher s'il abîmait davantage, comme si alors le devoir de la communauté s'imposait de lui payer ce qui ne profitait qu'à lui. C'est là que réside le germe de mon dédain pour eux. Il arrive cependant qu'avec le temps mon animosité s'estompe, de sorte que tout plan de vengeance élaboré au moment de la plus grande poussée contre ceux qui m'irritent disparaît presque sans laisser de trace. Il est vrai que certains me restent rancuniers, très peu et exceptionnellement de manière solide et indéfectible, mais ce n'était pas le cas. Malgré tout, voyant que la voisine passait devant le portail, et après environ cinq mètres elle tourna à sa droite, par l'entrée qui depuis la rue communique avec le parking souterrain de la propriété, mon indignation toujours latente refit surface. Ni elle ni son mari n'avaient de place dans ce sous-sol, puisque celui associé à l'appartement qu'ils avaient acheté était situé dans une pièce à part, au niveau de la rue. Je me demandais avec exigence ce qu'il faisait ou ce qu'il avait l'intention de faire. La clé de la porte d'entrée ouvrait également la porte d'accès piéton au parking, la femme entra donc en toute impunité, et j'accélérai le pas guidé par une curiosité malsaine. Et ce qui est arrivé?

Les trous de mémoire sont comme la perte de la vie elle-même, une sorte d'amputation indolore de l'existence. Il peut y avoir de bonnes ou de mauvaises conséquences sur les pièces qui doivent être arrangées dans votre esprit, mais elles manquent même si elles sont recherchées avec acharnement, et les conséquences se produisent également, avec une plus grande pertinence si possible, lorsque la pièce apparaît, surtout si elle le fait. donc sans prévoyance Aucun du coup. Il doit s'agir de petits détails ou de pièces maîtresses sur le territoire de la raison. Dans ce dernier cas, la surprise est vitale, comme un gros coup de pied au plus profond. Sans compassion.

J'étais devant le miroir de la salle de bain principale, à me regarder et à transpirer abondamment. La respiration rapide s'accompagnait d'un rythme cardiaque puissant qui laissait supposer qu'il avait couru et qu'il était essoufflé. À partir d'où?

Si je pouvais altérer ma mémoire du passé, du présent toujours perpétuel dans lequel nous devons vivre, est-ce que je contrôlerais le futur?

Parfois des anecdotes refont surface, vécues, appréciées ou subies quand il était très jeune, qu'il avait déjà complètement oubliées. Ils émergent doux mais imparables. C'est un type de légèreté très caractéristique, identique à celle qui, en sens inverse, quand vient la nuit, se glisse dans mes pensées: une idée que je perçois à peine et que je remarque comme elle s'évanouit désespérément, perdant le fil malgré tous mes efforts J'ai mis à l'éviter. . Cela se produit lorsque le sommeil prend le pas sur l'éveil et que la torpeur prend le dessus sur tout. Un instant de quelques secondes pendant lequel je cherche circulairement à retenir une notion qui se présente comme importante, intéressante au moins, utile ou non, fait que je ne suis pas capable de retenir alors que j'en éprouve la perte irrémédiable, au point d'échapper toute décision et cohérence. Et dormir.

Avec ce sentiment est venu le souvenir du moment où j'avais à peine six ans, puisque c'était l'été juste avant d'entrer en première année d'école primaire, j'ai fait face à la douloureuse réalité de l'expérience, où l'idéal de vouloir c'est pouvoir est détruit. Pas une leçon de conformisme mais de réalisme.

À ce moment-là, j'ai reçu la leçon sur la nécessité de reconnaître les situations et les scénarios relationnels pour ce qu'ils sont, mais ce n'est que bien des années plus tard que j'ai vraiment assumé le sens de tout, même si c'était le cas. Quand je l'ai appris. Il est courant que les individus ne connaissent pas leurs limites, ignorent jusqu'où ils peuvent aller, comment ils sont capables d'exprimer le pouvoir de soi. Cependant, que la limite elle-même soit connue ou non, elle doit exister en tant que telle, objectivement, de sorte que la recherche doit être basée sur la réalisation de la possibilité, avec chaque avancée que la conviction et l'effort fournissent. La notion de «vouloir c'est pouvoir» est utile pour surmonter des barrières irréelles, le produit d'obstacles psychologiques ou autres. Mais on a beau réfléchir au pouvoir de la volonté, la possibilité continuera à s'encadrer dans une certaine limite au-delà de laquelle rien ne sera viable. C'est pourquoi «le pouvoir c'est vouloir» est pragmatique et approprié, mais à condition de partir de notre propre connaissance du pouvoir individuel, ou dans son cas collectif. La question est de savoir s'il y a une différence entre vouloir sans savoir si l'on peut ou ne pas savoir jusqu'où on peut et s'appliquer à chercher la limite en se basant sur un effort sans fin. Le danger est de renoncer au "désir" et d'embrasser un "pouvoir" bien en deçà de ses propres possibilités, abaissant ainsi les objectifs qui, en principe, peuvent être poursuivis consciemment. De vraies attentes.

Il est également indéniable que mon contexte de vie était enveloppé d'une ignorance presque absolue qui, par définition, frôle souvent la bêtise. Il arrive que le manque d'autonomie des petits ne leur offre généralement pas la capacité d'action ou d'omission, du moins pertinente pour affecter les autres ou soi-même en quelque chose.

J'ai toujours aimé dessiner des maisons sur papier, très rudimentaires quand j'étais petite, pour les mettre à l'échelle et les surélever dans un carton et maquette en carton plus tard. Mais au début de tout, j'étais enthousiasmé par la possibilité de construire et j'ai pensé à créer une cabane miniature avec de petites branches d'arbres. Il m'a fallu beaucoup de temps pour obtenir le matériau et le couper, et beaucoup plus de temps pour le coller et le maintenir ensemble. J'ai dû assembler la structure d'un toit à pignon incliné, mais cela m'a épuisé. Je ne sais pas où ce qui semblait être une tente de base s'est retrouvé. Mais je voulais continuer à créer, je voulais de toutes mes forces être architecte quand je serais grand. J'ai abandonné l'idée car j'étais très limité en mathématiques et je pensais que sans ça je ne pourrais pas calculer ce qui est nécessaire pour une construction. Peut-être que j'avais tort, mais j'ai essayé avec ma pensée enfantine et peu importe combien je voulais, je ne pouvais pas. En fait j'ai raté les maths en première année de lycée, les récupérant je ne sais comment en septembre, et tous les examens auxquels j'ai été confronté ont toujours été très difficiles pour moi. J'ai choisi les lettres et non les sciences pour mes deux dernières années avant l'université, je ne pensais pas qu'une autre option était possible. Peut-être qu'avec une aide supplémentaire cela aurait été possible, je ne le saurai jamais. J'étais seulement clair que non, peu importe à quel point je voulais le faire, et j'ai réaffirmé que le pouvoir manque, ce qui était bien avant une réalité incontestable, même sans reconnaître la théorie sous-jacente que j'ai développée des années plus tard, à travers un ballon de basket.

Je voulais tellement un ballon de basket Mikasa avec des rayures blanches, rouges et bleues ; Ils ne les font plus comme ça. Il rebondit à merveille, compact et agréable au toucher, et surpasse visuellement les classiques marron ou orange. Je l'ai demandé à mes parents et, malgré mes difficultés en maths, à l'âge de dix ans j'ai eu des résultats tout à fait acceptables. Mon comportement a été particulièrement bon, même si ce n'était pas pour récupérer le ballon mais parce que. C'était très récemment que j'avais commencé à recevoir un salaire de vingt-cinq pesetas par semaine, ce qui serait maintenant d'environ quinze centimes d'euro, il m'aurait donc fallu plusieurs années pour l'acheter moi-même. Le mérite était assuré, et mon amour était incontestable. Ils ont passé plusieurs mois à entretenir une telle intensité d'affection et un après-midi, alors que je rentrais de l'école, mon père avait placé un emballage de quelque chose de rond et de grand sur la table de la salle à manger. Débordant d'illusion, je savais que je l'avais acheté. Je l'ai déballé à sa satisfaction, mais ce n'était pas un Mikasa, mais une boule d'une marque que je n'avais pas vue de ma vie, avec des lettres noires sur un fond orange foncé. Il semblait plus grand que les normaux et doux au toucher, car il était complètement gonflé, mais une très fine épaisseur était perceptible en le serrant avec les mains. Quand il l'a jeté sur le sol de la maison, il l'a fait comme une balle en plastique. Il rebondit tout de même, presque sans son propre poids, sur la piste en ciment de l'école. Le pire basket du monde. Je l'ai emmenée plusieurs fois sur la piste en ciment à l'école mais je n'aimais pas du tout jouer avec elle et la pauvre s'est retrouvée coincée. Elle n'était responsable de rien, mais elle avait été créée par quelqu'un d'autre.

Je n'ai rien dit à mon père à part merci et mille mercis, surtout au vu de l'initiative de m'offrir un tel cadeau sans que ce soit mon jour de saint ou mon anniversaire ou quoi que ce soit. Enfin, j'entretins sa satisfaction de me voir (faussement) heureuse de ce qu'il désirait tant. Vouloir n'a pu que longtemps plus tard, quand je l'ai acheté moi-même, mais j'ai à peine pu l'utiliser, car j'avais déjà terminé l'école primaire et je n'allais pas au terrain de basket de l'école, qui était à côté de chez moi, sans avoir d'autres endroits pour pratiquer, à moins qu'ils ne soient à proximité. Je l'ai toujours, je pense que quelque chose s'est cassé à l'intérieur et ça ne reste pas gonflé. Je n'étais pas responsable. Je ne sais pas pourquoi mais je ne l'ai pas jeté. L'autre, le cadeau de papa, avait disparu depuis longtemps; Je suppose qu'il serait endommagé, ou peut-être qu'il est resté tel qu'il était lorsque je l'ai acheté, car je l'ai à peine utilisé. En tout cas, je ne me souviens même pas où ça s'est terminé

Je m'en souviens maintenant, mais je n'avais pas réalisé alors que vouloir et pouvoir ont radicalement changé pour moi, et que lorsque j'ai fini par acheter le Mikasa que je voulais vraiment, j'ai également confirmé la fausseté d'une autre de ces phrases de motivation: c'est jamais trop tard. C'était avec mon Mikasa désiré, sans aucun doute. Il voulait qu'elle ne l'ait pas mais qu'elle joue avec elle dans un lieu et quelques instants qui ont duré plusieurs années, puis il a perdu sa raison d'être; rappelez-vous qu'il y a un temps pour tout dans l'Ecclésiaste.

46.

Le souvenir de ce qui s'était passé dans l'escalier du sous-sol n'apparaissait pas. Mes émotions ont été révolutionnées, essentiellement autour d'un mélange de peur et d'agressivité, sentant comme c'est logique une cause première de tout cela. Je pouvais voir une rafale qui a soufflé le voile gênant de ce qui s'était passé, la rencontre soudaine, voulue, oui, et aussi la plainte stupide. Puis juste la colère, de zéro à cent. L'explication n'existe pas, je ne sais pas pourquoi. Une telle chose ne m'était jamais arrivée, sauf quand j'étais toute petite, malade d'une forte fièvre, me plongeant dans le noir pendant des jours qui semblaient être des heures et des minutes que j'identifiais à des heures. Mais il est arrivé un moment où tout semblait prêt. J'ai senti qu'une petite poussée suffirait à dégager cette sorte de bouchon d'air fragile dans mon esprit et, avec un effort énorme, qui m'a apporté une sueur froide aux tempes, j'ai récupéré. Au bout d'un moment, j'ai réalisé qu'à peine une demi-heure s'était écoulée depuis que je l'avais vue entrer dans l'escalier extérieur du sous-sol.

C'était un contexte incroyable. J'étais tellement épuisé que je me suis endormi tandis que la figure du diable hantait mon esprit comme la cause de la situation, celle dans laquelle le mal qu'il représentait me guidait.

Les croyants voient la lutte entre le bien et le mal, la lumière et les ténèbres comme totalement logique, trouvant le diable en elle, la première lumière du jour dans laquelle il est né seul par décision de Dieu et a fini comme l'ange déchu quand il a perdu sa lutte et son paradis, essentiellement la disponibilité de la présence, du contact direct avec le Seigneur. En premier lieu, il m'a toujours semblé complètement ridicule qu'un ange mène une rébellion contre un être omnipotent et omniscient. Laissant de côté le fait que dans la dimension céleste il n'y a pas de temps et que par conséquent l'histoire linéaire supposée -se rebeller et perdre- est présentée comme une impossibilité factuelle, il devient complètement irréalisable qu'un ange ou plusieurs puissent vaincre Dieu. En fait, il est rare qu'il envoie l'archange Michel diriger la réaction défensive contre la révolte, car dans le langage d'une vie avec le temps, un instant de puissance divine directe aurait suffi à supprimer le problème, voire à dominer la volonté, de son ange ou des anges rebelles, ou si vous préférez, pour corriger ou convaincre contre sa rébellion, sans compter qu'il aurait pu tout prévoir. De la même manière, cela n'a aucun sens que l'ange déchu soit devenu le fléau contre l'être humain, après tout la raison de l'envie qui dynamitait tout, étant le moteur de la tentation, du serpent à Adam et Eve, et à qui le l'inclination au mal dans le libre arbitre de l'être humain est attribuée comme un triomphe. Cette mauvaise influence qui nous justifie parfois, indifférents à l'auto-incrimination. Absurde du début à la fin. Peut-être une représentation théâtrale orchestrée par le Tout-Puissant pour que l'on comprenne le combat, les risques de se rebeller, et tout ce qui vise à la création d'une source de mal qui tente l'être humain sur le large chemin de la facilité, qui ne sera bon qu'en marchant l'étroit et rocheux. Encore une fois la logique de souffrir et d'accepter la vie terrestre pénitente pour obtenir le salut au ciel.

On pourrait aussi penser qu'il existe un être suprême, la représentation du mal, mais incapable de nous affecter directement, voire de s'incarner dans notre monde comme quelque chose de tangible, mais seulement fonctionnel comme influenceur du mal, on ne sait pourquoi. Et qu'il était premier, et réel, comme l'étaient les ténèbres avant la lumière, et que face à cette existence véritable, l'esprit humain a créé un autre être, irréel, Dieu, générant la lutte entre l'un et l'autre qui est limitée à l'humain idéologie. Comme je le dis, si c'était vrai, cela perdrait tout son sens car, en théorie, le déséquilibre des forces serait plus qu'évident. Bien sûr, la logique humaine ne permet pas de considérations plus nombreuses et infinies sur toute question qui peut surgir ou même être imaginée dans nos limites rationnelles pour lui échapper. Il se pourrait que Dieu ne soit pas tel que nous le pensons, qu'il soit une existence limitée et donc proportionnée à celle du Diable. Sinon, il serait impossible d'expliquer pourquoi il ne supprime pas le côté obscur qui se cache, libérant authentiquement le libre arbitre, car il serait difficile de comprendre l'homme libre s'il est affecté par cette force de tentation maléfique et bien supérieure, une authentique coercition latente. Ou simplement penser que le Bien, sous l'aile divine omnipotente et omnisciente, serait impossible en cas d'échec ou de perte.

Encore une fois, le retour me vient à l'esprit, cette approche philosophique cyclique de l'éternité circulaire. La vie religieuse est liée comme une approche métaphysique, mais traduite en actions concrètes pour la vie quotidienne. Nous reculons, pas en avant, nous revenons à l'origine, l'origine est la fin, tandis que dans une tonalité plus prosaïque nous cherchons à éliminer de notre angoisse existentielle le résultat de la mort, l'après, à dissoudre la peur de mourir.

Le christianisme et la mondialisation favorisent l'abandon de ce qui est différent pour converger vers une idée qui unit. Le «ni» de saint Paul et son universalisme montrent l'au-delà de nous expliqué par les différences entre l'un et l'autre, à partir du fait que nous sommes égaux. Ce qui est en dessous, c'est le reste et c'est en ce sens que l'itinéraire intellectuel de saint Paul est aujourd'hui embrassé par des auteurs tels que Zizek, Badieu ou Agamben.

L'unicité de Dieu en tant que dispositif est transférée à la vérité unique et absolue, mais la construction de sociétés sans la présence de cette métaphysique de la vérité est toujours une chimère, peu importe à quel point elle est dépassée dans le monde moderne que Dieu traverse tout. La plus grande violence vient du monothéisme, qu'il soit judaïsme, christianisme ou islam. Au paragraphe 108 de Le Gai Savoir de Nietzsche, qui évoque la mort de Dieu, le post-religieux, le décentrement de la religion institutionnelle traditionnelle et les nouvelles approches sans créer de dogmes institutionnels qui se détachent de la vérité absolue, ou de Dieu, la structure dans laquelle la notion divine monothéiste figée, n'est rien de plus qu'un centre d'ordonnancement de la vie. Et de la mort.

D'un point de vue sociologique et même historique, toutes les religions reposent sur une promesse qui ne sera pas tenue. Ou en d'autres termes, cela ne fonctionne que comme une promesse, en comptant sur le fait que cela n'arrivera jamais. Le Messie ne peut jamais venir car, s'il le faisait, tout serait en désordre. Il est également important de noter que la politique actuelle, comme toute politique moderne, est une structure religieuse sournoise; ce sont les conceptions religieuses traduites dans le pouvoir qui sous-tend la politique de notre présent. Et enfin, il ne fait aucun doute qu'à l'heure actuelle, l'Humanité a atteint le plus haut niveau d'évolution technologique, même si cela n'est pas possible compte tenu de nos capacités. Cependant, en ce moment, il y a plus de fondamentalisme que jamais, dans toutes les religions monothéistes. Peut-être que le vide de sens et la haine qui en résulte forcent la recherche spirituelle, impliquant une fonctionnalité innée dans cette recherche de la vérité totale, en revendiquant la certitude, la sécurité absolue dans le monde dans lequel on vit, de ceux qui se nourrissent de la confrontation avec les autres du monde, parce qu'ils croient en la «vérité».

L'appendice pédagogique se trouve dans la récupération des textes sacrés qui naguère étaient interdits en science et particulièrement en philosophie. Une sorte de réconciliation qui dépend de l'interprétation, puisque le texte est lettres, mots et phrases, à la fois instruments de dogmatique et d'émancipation.

47.

J'ouvre les yeux. Tout est sombre autour de moi. Elle a uriné sur elle-même pendant que je l'étranglais, et j'ai été surpris de remarquer une odeur sucrée désagréable. Mais j'avais à peine conscience de ce souvenir au moment où mes deux mains se serrèrent autour de son cou. Cela m'est venu à l'esprit un peu plus tard, alors que je montais les marches de la rue, remarquant à peine les muscles de mes jambes, gorgés d'oxygène. Maintenant, je suis capable de revoir la mémoire, ainsi que la mémoire de l'excitation primaire lorsque quelques secondes avant de le faire, j'ai pris la décision finale, rappelant également la partie de la mémoire sur mon sentiment vital en le faisant.

Je suis toujours resté loin d'elle, une grande menteuse, parce que je la considérais comme un danger et parce que je la détestais en tant que personne. Quelqu'un qui ment sans la moindre hésitation, comme une source naturelle, peut à tout moment générer un faux récit qui me nuit personnellement. Une fois, j'ai accédé au portail avec un panier débordant. Avec difficulté j'ai ouvert la porte quand elle est apparue en sortant de l'ascenseur, et malgré l'étroitesse du passage, occupant la majeure partie de l'espace avec mon corps et la voiture que je traînais, elle a décidé de passer sur ma gauche à mesure que j'avançais. Ce faisant, portant le chariot d'une main, ma gauche, et continuant à soutenir de l'autre la lourde porte du portail, en une seconde il y eut une légère déviation du chariot, qu'elle interpréta comme une tentative de se cogner les jambes ou à moins lui faire peur avec le geste, rien n'est plus éloigné de la réalité. Elle a paniqué à ma grande surprise. Quelque temps plus tard, la femme quitta le portail et je me retirai ostensiblement pour éviter tout contact; J'ai marché plusieurs mètres à l'extérieur pour qu'il ressorte au loin. Elle m'a laissé la porte ouverte, insistant pour que je ne sois pas "idiot", ajoutant avec assurance et insolence que je ne devais pas me comporter "comme un enfant". Je me suis détourné de son regard et il est finalement parti, me permettant d'entrer par moi-même. Qui sait ce qu'il aurait pu mentir si cela s'était passé à ses côtés. Face à cette accumulation d'expériences à mon actif, elle ne m'a pas expliqué pourquoi j'ai accéléré le pas pour me présenter là où elle l'avait fait et cela ne lui correspondait pas. J'étais déterminé à lui faire face et à exiger des explications, mais au fond une telle manœuvre n'avait aucun sens. A ma connaissance, elle ne connaissait même pas mon véhicule, donc la suivre pour aller le protéger d'éventuelles perversités néfastes n'était pas dans mon esprit. Lorsque j'ai ouvert la porte extérieure, j'ai entendu un bruit de raclement que j'ai identifié comme une main atteignant l'interrupteur d'éclairage sur le mur à l'étage inférieur, que j'ai approché sans problème car la lumière du jour atteignait presque sa position. Elle cessa sa recherche pour se tourner vers le bruit de mes pas pour lâcher aussitôt et avec mépris: "celui qui me manquait". "Que fais-tu ici?" était ma réaction verbale, mais à l'intérieur j'étais un volcan commençant sa plus vigoureuse éruption. Avec un mépris exagéré en plus, elle me répondit par une autre question, "et qu'est-ce que ça t'importe?", gardant son regard contre le mien, tous deux face à face au même niveau, elle hautaine, provoquante avec son profil arrogant.

Si une personne en particulier est analysée, il est possible que l'on retrouve la bienveillance, l'honnêteté ou la bienveillance, les trois vertus à la fois voire plus. Au lieu de cela, il est probable qu'il s'agisse de personnes qui ne se comportent de cette manière qu'occasionnellement; c'était peut-être le cas de ma victime, du moins vis-à-vis de ses proches. Cette dualité ne l'a pas placé dans la balance positive, même lorsque le négatif a opéré par simple omission, pour ne pas empêcher le mal qui se remarque autour. En tout cas, le résultat est négatif par un glissement de terrain si l'on observe l'espèce humaine dans son ensemble; il y a plus de trois décennies, le terme taxonomique «race» a été éliminé du point de vue biologique et génétique et continue d'être utilisé avec bonheur dans un code populaire, avec une ancre de simple interprétation sociale. Il y a eu des avancées dans la science et l'art et des actes d'amour qui ont très souvent nui plus qu'ils n'ont profité, mais l'Humanité a avancé sans développement authentique, non pas à cause d'un conflit irréprochable comme élément naturel de l'évolution mais sur la base de la violence la plus pure.

La cupidité, l'ambition folle, l'avarice, l'égoïsme et la recherche de soi, même quand on pense qu'il n'en est rien, sous la plus subtile ou la plus grossière illusion de soi, ont toujours régné dans la poursuite du pouvoir.

Bien sûr, le pouvoir comme moyen se définit par ce qu'il recherche, par exemple le bien commun, et qu'il serait bon s'il ne tombait pas dans l'idée que la fin justifie les moyens ou des choses comme ça, ou mauvais s'il cherche pour obtenir ou conserver le pouvoir de s'enrichir aux dépens des autres. Je m'intéresse plus au pouvoir qui cherche le pouvoir par le pouvoir et pour le pouvoir. Quand il n'est pas médium, il forme une sorte de drogue, la plus addictive qu'on puisse imaginer, et la plus nocive qui ait jamais existé, car elle ne s'explique pas sans les autres, subjuguée, pliée, à sa merci.

Le pouvoir d'un sujet isolé n'est pas du tout un pouvoir, il n'est rien sans les autres, c'est une notion sociale, due au relationnel, et psychologique, due à la singularité de celui qui la chérit. Et bien que l'on puisse penser à la possibilité d'un pouvoir de groupe partagé, il s'agit au fond d'une illusion, d'une manière de partager ce qui est désiré, de se sentir à l'abri, ce n'est pas le domaine réel, qui est défini par ce qui est à l'extérieur, à ne pas être confondu avec les notions de maîtrise de soi sur soi et d'autres considérations plus typiques de la méditation et de la juste connaissance de son être.

48.

Il portait des gants et un long manteau épais. Mes mains bougeaient d'elles-mêmes vers son cou. J'ai donné un tel élan que j'ai cogné l'arrière de sa tête contre le mur de béton. Le coup l'a laissée quelque peu étourdie, il lui a donc fallu quelques instants pour amener ses mains sur mes bras, complètement tendues, l'empêchant amplement de même toucher mon visage. Peu de temps après, il a donné un coup de pied en avant, mais lorsque j'ai descendu les dernières marches, pour éviter sa balustrade incurvée, mon corps avait été incliné, alors il a frappé ma jambe droite, également légèrement, au lieu de le faire vers son organe génital cible. Je me suis repositionné encore plus sur le côté, en prévision d'autres défis, et alors que mon rythme cardiaque augmentait et que je respirais de plus en plus comme quand on termine une course de sprint, il me semblait que mon cerveau était imprégné d'une substance magique particulièrement agréable, recevant de tout mon corps une sorte de picotement pour continuer à serrer le cou de l'autre. Elle ne pouvait même pas crier, j'ai remarqué une petite fissure alors que ses yeux exprimaient une véritable perplexité plutôt que de la peur. Ses bras se sont tordus autour des miens sans effet, il a donné un coup de pied à peine perceptible et petit à petit, sans air dans ses poumons, sa force a cédé tandis que mes sensations se sont dérangées. J'ai même pensé que j'allais m'évanouir, comme lorsqu'un sommeil lourd se cache dans une position confortable, en entendant une voix étrangère mélodique. Mes jambes se sont affaiblies à cause de ce plaisir et j'ai failli tomber par terre, mais ses yeux ont montré, immobiles, sa fin finale, et j'ai pu m'abandonner à l'extase la plus absolue que j'aie jamais ressentie. Elle est tombée à genoux alors que son corps glissait verticalement du mur de béton et elle était assise sur le talon de son pied droit, sa jambe gauche complètement tendue. Mes bras étaient parallèles, rigides, sur son cou mes mains. Les membres supérieurs semblaient séparés du reste du corps, qui s'était transformé en une masse sans aucune énergie. Puis mes bras se sont croisés et j'ai projeté mon torse vers l'avant, effleurant presque le visage de ma victime, m'inondant du parfum pénétrant de son parfum et de son maquillage, qui m'a lentement ramené à la raison, retirant mes mains gantées de son cou cassé et je me suis assis contre le rampe de l'escalier derrière moi, laissant son corps finir de tomber sur sa gauche, lentement, jusqu'à ce que sa tête caresse doucement le sol en ciment puis se retourne sur elle-même, cachant un regard sans vie sur les volumineux cheveux teints en châtaignier obtenus lors de sa dernière visite au coiffeur.

Le langage a toujours été manipulateur et, comme tout autre appareil, il commande la vie. Le mot le fait, notamment, en vertu du principe de contradiction, car il doit toujours signifier la même chose pour éviter un effet Babel, c'est-à-dire pour que nous puissions toujours tout comprendre : rien ne peut être ou ne pas être en même temps. . Les choses sont ou les choses ne sont pas, il n'y a pas de troisième alternative. Peut-être le temps se séparera-t-il de ce paradigme et renouera-t-il avec tout ce qui caractérise l'altérité. Selon Heidegger, il devient, selon Aristote, il sert à mesurer le mouvement comme mesure du changement, tandis que les mots arrêtent la réalité, pour certains ils la stabilisent, pour d'autres ils la restreignent. Il peut y avoir communication avec le regard, avec le geste, avec le toucher, mais notre évolution nous a conduits à la parole comme élément fondamental de notre relation humaine.

49.

Alors que je commençais à penser, chez moi, à ma voisine recroquevillée entre ses bras et ses jambes dans un coin, j'ai décidé de descendre un énorme sac en plastique renforcé noir et de le mettre à l'intérieur, en l'accommodant plus adéquatement dans la pénombre de l'alcôve. Ce n'était qu'une masse, un corps sans vie. Ce "son" truc était terminé. Peut-être sa dépersonnalisation s'est-elle poursuivie, utilisant à la place le neutre qui définit les choses inanimées. J'ai utilisé de l'ammoniac que j'avais à la maison pour nettoyer autour de son cou et sur ses mains, même si ses bras courts ne me touchaient même pas. J'envisagerai de la faire sortir de là, mais par la porte intérieure on la voyait exactement comme celle de la rue, en plein jour. Peut-être sous le couvert de la nuit.

Ce genre d'amnésie a déclenché une inquiétude intense mais passagère qui confinait à une pensée folle. Il avait complètement perdu la tête et tout était le produit de l'imagination qui grandit et grandit dans la solitude. Et puis, sans plus tarder, un rêve que j'avais fait il n'y a pas longtemps a refait surface, aussi clair que si je le vivais à ce moment précis. J'étais dans une maison, pour mieux dire un grand appartement, avec des espaces immenses, allant dans une longue salle de bain où j'ai changé le lavabo pour me laver les mains, rectangulaire, de près d'un mètre de long, que j'avais pourtant placé à l'envers et sans coïncidence avec la sortie de l'eau versée. C'était très déroutant. Il replaça l'évier pour éviter que l'eau ne se renverse, nettoya le peu qui était déjà tombé, et laissa l'endroit à l'extérieur. L'image d'un jeune homme aux longs cheveux noirs est apparue successivement, me regardant attentivement depuis une fenêtre ou une terrasse, puis elle est apparue. C'était une fille menue mais voluptueuse, trapue, aux muscles denses. Je ne sais pas de quelle ethnie venait sa famille, il était de la même nationalité que moi, son teint n'était pas significativement noir bien qu'il fût foncé. Poil très court, comme un garçon, et de ce type caractéristique qui, s'il pousse, est énorme. Elle avait de grands yeux chauds et profonds et un visage assez rond. Nous étions assis ensemble, j'ai levé les yeux et dans une petite fenêtre du balcon, l'adolescent aux longs cheveux noirs est réapparu. J'ai ensuite concentré mes yeux sur le regard de la fille alors qu'elle me parlait. Il y avait une histoire antérieure, nous nous connaissions depuis longtemps, depuis les studios, et il m'a mentionné sur un certain ton critique, mais affable, que j'étais une sorte de Don Juan, qu'il savait que j'attirais filles et qu'il s'en servait sans leur prêter attention. J'ai été surpris, car ce n'était pas vrai de mon point de vue, même si j'acceptais qu'une certaine image de cette nature puisse être appréciée par d'autres, alors que je savais parfaitement, comme elle aussi, que j'avais toujours été dans son viseur, dans son affection, dans son désir, mais sans la moindre audace de me considérer comme inaccessible pour elle. Je lui ai demandé un exemple de ce qu'il disait, et il a mentionné une fille avec de grands cheveux, des cheveux bruns bouclés, qu'il appelait Boucles, comme si c'était son nom de famille. Je lui ai dit qu'elle avait tort, que même si je pensais que c'était une relation sentimentale et sexuelle, ça n'a jamais été comme ça. Il m'a regardé et m'a cru. C'était vrai. Alors je me suis penché un peu en arrière, avec mon bras gauche derrière son dos, sans vraiment la toucher. Je l'ai regardée en silence, droit dans les yeux, et dans mon esprit j'ai pensé comme si je lui disais d'aller de l'avant, comme si j'ouvrais la porte pour le faire maintenant. Il était presque au niveau de sa bouche, à peine un demi-pied en dessous. Pas une seconde et elle se rapprocha et joignit ses lèvres aux miennes. J'ai répondu en entrouvrant la bouche et la fille a introduit sa langue avec délectation. Un désir sincère longtemps réprimé a débordé, et nous avons apprécié un long baiser humide, excitant pour nous deux.

Au terme de ce contact intime et agréable, je me suis sentie reconnaissante de jouir de sa fidélité, de son amitié, de son amour. Je ne doutais pas qu'elle les possédât d'une manière légitime, solide, insurmontable, et elle le savait bien sûr, tout comme elle était parfaitement sûre que je lui serais fidèle, et un amant dévoué. Je me souviens que dans ce rêve le sentiment de satisfaction totale, face à face, a duré un peu plus longtemps. J'ai fini par me réveiller, toujours en train de rêver, et j'ai guidé un peu plus ce rêve fantastique, me rendormir, avec elle à mes côtés, profitant d'une relation complète, avec des actes sexuels explicites et extrêmement agréables. Il y avait une certaine note de soumission de la part de la fille après mon initiative, mais c'est finalement né de ce qu'elle voulait que nous fassions. Ce jour-là, je n'ai pas travaillé, dans le rêve, et je suis resté au lit, déjà réveillé, me souvenant des sensations et de l'image de cette fille, mais aussi imaginant la relation complète avec elle, son évolution positive et réussie. Heureux.

C'est peut-être parce que, lorsque j'ai fait ce rêve, je l'ai serré au maximum que je pouvais plus tard m'en souvenir si exactement, en particulier dans le détail des émotions et des sensations. Je ne sais cependant pas pourquoi je l'ai rappelé. J'ai ressenti une profonde nostalgie, une énorme envie de plonger dans la vie éveillée et de la retrouver, même si elle s'est avérée être quelqu'un que je n'avais jamais rencontré pendant l'éveil, ou quelqu'un comme elle dans la vraie vie. Et je n'ai jamais su quel était son nom dans mes rêves, donc je n'avais même pas un mot pour le répéter dans mon cœur pour me sentir plus proche d'elle. Les noms sont des outils très utiles pour évoquer et limiter, communiquer et simplifier. Être privé d'un nom peut être à la fois frustrant et bouleversant. Il manque comme une sorte de poignée qui nous offre une sécurité, une sorte de protection en forme de lien avec quelque chose de vrai. Bien que dans le cas de ce rêve, je sache très bien que, avec ou sans nom, ce n'est pas une personne réelle. Je suppose que je ne pourrai la trouver que dans mes rêves, même si cela ne s'est pas encore produit.

50.

J'imaginais une vengeance étendue à ses proches, pour ne pas savoir où il se trouvait, puis succomber à la découverte du corps. J'ai pensé à une mutilation post-mortem pour tromper, mais une effusion de sang de ce genre ne m'attirait pas du tout et n'aurait été qu'une source d'indices physiques possibles contre moi.

Laissant de côté le fait que pardonner fonctionne parfois comme une arme contre le pardonné, une manière de se venger de lui, et que le plus grand bénéfice est pour celui qui pardonne, vengeance et pardon constituent une alternative ou, de loin, un cumul successif, et dans les deux options nécessite un sujet individuel. Il est essentiel que la victime existe pour demander pardon ou l'obtenir, c'est seulement d'elle qu'il est possible. Rien ne vaut que de se pardonner et d'indulgences similaires. Sans victime, ce sera impardonnable. Et pour se venger il faut compter sur le coupable. Bien sûr, la vengeance peut se déchaîner sur des êtres chers ou des biens précieux, mais sans en avoir connaissance, ce ne serait pas une vengeance authentique, simplement un mode de satisfaction nouvellement intrinsèque, typique de ceux qui ne pourront plus diriger leur rage contre le cause ultime de haine et de douleur. Il se peut que lorsque nous pardonnons à quelqu'un, nous nous pardonnions un peu, ou que lorsque nous vengeons quelque chose, nous nuisions également à notre propre vie, car venger n'est pas ajuster la balance de la justice, même si pendant des siècles cela faisait partie de la Loi, pas dans vaine loi du talion, l'œil ou l'œil, marquait un avant et un après dans le châtiment criminel, puisqu'il signifiait, ni plus ni moins, que l'introduction de la proportionnalité dans le système de peine. En fait, si la vengeance n'est pas démesurée, elle n'est pas si mauvaise, elle fonctionne plutôt comme une justice qui punit et se définit dans la sphère positive, du bien et du bien. De plus, il existe également des études psychologiques qui montrent comment ceux qui veulent se venger et ne peuvent pas atteindre cet objectif finissent malades en raison de leur frustration face aux attentes, ce qui conduit à une conclusion évidente: la vengeance fait partie de la condition humaine et la nier, c'est nier la réalité, la nature de l'être humain. Nous devons libérer le ressentiment qui nous a causé le dommage et ensuite, si vous voulez, pardonner au responsable, ce qui au sens propre ne se produirait que s'il le demandait et s'il est encore en vie. Froom a écrit que la rareté psychique du groupe primitif et son narcissisme accru favorisent la logique de la vengeance, mais d'une manière ou d'une autre, le primitif se connecte aux traits essentiels de l'être. En tout cas, la vengeance n'est pas seulement typique de la nature des hommes et des femmes, mais pour leur bien-être, elle semble utile et, pour cette raison, saine. Pensez qu'en vous vengeant véritablement vous pourriez éliminer cette haine, cette rage, ce ressentiment qui président à l'action du vengeur, et n'oubliez pas que ces trois aspects sont des facteurs de risque dans le développement de problèmes cardiovasculaires.

51.

Les institutions religieuses finissent par devenir le pire ennemi de la foi. La croyance irrationnelle de l'être humain, née du désespoir devant la limite, est un outil, un instrument de la religion, au même titre que la raison est l'outil de la science. Avec raison nous atteignons les limites de la connaissance scientifique, au-delà desquelles seule la foi peut soutenir la pensée humaine, et quand une église, ce genre de religion institutionnalisée, tente d'offrir des réponses de l'autre côté des frontières scientifiquement connues, elle se trahit à elle-même parce que l'inexplicable constitue la nature intrinsèque du sentiment religieux, l'impénétrable, où la foi offre une réponse sans réponse, précisément parce qu'elle n'en a pas besoin. Mieux dire, une question qui se suffit à elle-même. Dieu est la question à laquelle on ne peut pas répondre. C'est la notion qui se situe au-delà de nos limites, que nous atteignons avec l'instrument de la raison qui construit la science humaine. L'espace religieux situé dans l'absurde, dans l'inintelligible, dans l'inexplicable, car la foi n'est pas un instrument de connaissance ou d'explication, seulement un véhicule pour le croyant.

Lorsque les normes d'une institution religieuse, par ses dogmes et ses exigences, offrent la réponse de l'au-delà, elles trahissent Dieu, escaladent le mur de la connaissance rationnelle et feignent de regarder de l'autre côté, de l'au-delà, sans se rendre compte qu'ainsi, bien qu'à tort, elles avancer cette limite jusqu'à l'horizon de son regard du haut du mur. Ils ont juste fixé une autre limite. A force ils tentent de supprimer toute frontière, détruisant ainsi la logique de tout ce qui se montre rationnel, intrinsèque à la finitude de l'être humain. Avant et après la mort qui nous désespère, transformant la foi en une réponse de connaissance. Mais c'est que le savoir ne peut venir que de la raison, jamais instrument authentique de la religion mais de la science.

52.

Ils étaient là. Ils sont arrivés après plusieurs jours d'absence. J'étais sur la terrasse de la maison quand le taxi s'est arrêté, un fourgonnette sept places, comme notre voiture. Ma femme a payé le conducteur sur le siège passager tandis que mon fils aîné, sur le point d'avoir dix-huit ans, a ouvert la porte coulissante latérale droite, sortant le premier. Puis la petite fille, quatre ans, est descendue, conduite par son frère et numéro deux, quinze ans, et pendant que maman marchait sur le trottoir mon autre fille, presque treize ans, et son petit frère, tout juste dix ans, compliments. Je n'ai jamais refusé d'avoir des enfants, je les aime bien, nous sommes une famille très proche et ils passent tous un bon moment avec moi.

Je suis amusant et intéressant pour eux, un point de référence polyvalent, fort et confiant, je le perçois. Je les aime, et leur mère plus que tout. C'est la femme parfaite, même si elle ne le voit pas de cette façon car son estime de soi est au plus bas, ce qui m'est incompréhensible. C'est elle qui a décidé d'avoir le troisième enfant et les suivants, ce à quoi je n'ai honnêtement exprimé aucune objection. Cependant, le quatrième et le cinquième m'ont surpris, plus à cause de l'âge de la mère, quarante-quatre ans pour le dernier.

Demain commencera une semaine de travail normale, je retournerai travailler comme magistrat dans une grande ville et comme professeur dans la meilleure université du pays.

Le sac poubelle noir géant était toujours dans un coin sombre de l'escalier latéral qui menait de la rue au sous-sol. Il ne faudrait pas longtemps pour qu'elle soit découverte, quelqu'un s'en apercevrait avant que sa décomposition ne commence à puer, avant que son mari ou ses enfants ne la recherchent avec succès. Bien qu'elle ne soit plus elle mais une chose, le cadavre, la dépouille mortelle, pour mieux dire déjà morte.

Ce sera une rencontre fortuite, d'un voisin innocent qui avertira immédiatement la police. Je vais peut-être le faire moi-même. Mais maintenant je pensais à ce soir, quand je m'installerais sous les draps et la couverture à côté du corps chaud de ma gentille épouse. Je n'aime pas me réveiller seul, encore moins me coucher sans elle. Dans cette situation, je pouvais profiter pleinement du plaisir de devenir inconscient. Endormi. Accédez à un monde de rien, sans soucis, sauf peut-être pour dormir. Ou suis-je en train de rêver maintenant et ce soir je vais me réveiller ? Rêve.

www.ingramcontent.com/pod-product-compliance
Lightning Source LLC
LaVergne TN
LVHW050546160826
845677LV00011B/2194

* 9 7 9 8 4 4 5 7 3 4 0 5 5 *